짜장면 삼국지

짜장면

炸醬麵三國志

삼국지

임선영 지음

상상앤미디어

평범한 중국집 소년을 중화요리의 절대강자로

키워낸 비전의 열다섯 글자

차례

제2부

삼자경의 비밀

제3부

천하요리 대접전

[제1부]

도원으로 모여드는 영웅들

정착하기를 바라는 관우

최연소 경영학과 전임교수이자 푸드칼럼니스트.

버릴 것인가 새롭게 시작할 것인가.

그녀가 돌아왔다. 관우의 옛사랑 그녀가 돌아왔다. 대학원에 입학하던 날 강의실에서 첫눈에 반한 그녀, 2년 동안의 짝사랑에 마침표를 찍고 수줍게 고백한 후 그녀는 내 옆에 있는 여자에서 내 여자로 살아주었다. 그런데 사귀기 시작한 지 석 달 정도 될 무렵, 그녀는 홀연히 연락을 끊고 사라졌다.

길고 긴 외국생활을 마치고 한국으로 돌아온 관우에게는 친구가 없었다. 외교관이었던 아버지를 따라 어려서부터 일본, 중국, 미국 등지를 돌아다니며 서로 다른 문화의 초등학교, 중학교, 고등학교를 졸업했다. 관우가 대학원에 진학할 무렵 그의 아버지는 한국의 외교부로 자리를 옮기게 되었고 관우도 부모님을 따라 오랜 타지 생활을 마무리지었다.

　외국에 나가 있는 동안 한국을 잊은 것은 아니었다. 아들의 방학 시즌에 맞추어 부모님은 휴가를 내어 한국을 방문했고 어린 아들이 모국어를 잊지 않도록 학교에 단기간 입학시켜 한국어 수업을 받도록 배려했다. 한국에 올 때마다 어린 관우를 데리고 아버지와 어머니가 찾아가던 곳이 있었으니 바로 종로 3가 뒷골목의 중국집 도화원. 관우가 초등학생이었을 때 도화원의 짜장면은 한국에 가면 꼭 먹어야 할 음식일 뿐이었지만 중학교 때 다시 먹은 짜장면은 같은 자리에 남아 있는 추억이 되었으며 고등학교 때 다시 먹게 된 짜장면은 외로움과 허기까지 달래주는 소중한 음식이었다.

　짜장면을 먹기 전까지, 관우는 음식을 먹는다는 것이 그저 살기 위해서 끼니를 채우는 일이라 여겼다. 십 년이 지나도 이십 년이 지나도 골목길 그 자리에서 한결같은 맛을 내는 도화원의 짜장면을 경험하며 관우는 배회하고 흘러가는 영혼의 뱃가죽까지 채우는 요리가 있다는 것을 깨달았다. 훗날 관우가 음식을 먹는 데 좀 더 신중하고 오래된 식당을 순례하며 그 가치를 알리게 된 계기가 도화원의 짜장면이었다.

외교관인 아버지를 따라 전 세계의 유명한 레스토랑을 다니며 최고의 요리들을 맛본 관우는 한국에 돌아와서도 가로수길, 삼청동, 이태원, 서래마을을 순회하며 크고 작은 레스토랑을 방문했다. 그는 한국의 레스토랑을 세계 수준급 레스토랑과 비교하며 맛과 서비스, 인테리어를 평가하는 미식 블로그를 운영하는가 하면 코리아 미슐랭가이드 편집자로 활동했다. 관우의 미식 칼럼은 온라인에서 클릭 수 만여 회를 가뿐히 넘겼고 네티즌 사이에서는 '한국의 미슐랭'으로 통하게 되었다.

관우가 한국에 정착하기까지 또 다른 도움을 주었던 첫사랑. 마음을 다해 사랑했던 연인이 홀연히 떠나버리자 관우는 왕성했던 식욕도 함께 잃었다. 그녀의 머릿결처럼 찰랑거리는 바다가 그리워졌다. 관우는 연재하던 칼럼을 모두 중단하고 부산으로 내려갔다.

해운대에 도착하여 넓은 바위를 하나 골라 앉아 하염없이 바다만 바라보았다. 저녁 무렵이 되자 관우는 배가 고파져 골목에 있는 허름한 중국집 문을 열고 들어섰다. 짜장면 한 그릇과 술 한 병을 주문했다. 빈속에 마신 52도의 빼갈이 식도를 타고 들어가 그동안 숨죽여 있던 있던 위를 자극했다. 관우는 갑자기 허기가 밀려와 앞에 놓인 짜장면을 허겁지겁 비벼댔다.

잘 비벼진 짜장면을 한 입 밀어넣은 관우의 눈이 휘둥그레졌다.

'지방 골목길 중국집에 이렇게 훌륭한 짜장면이 숨어 있었다니!'

주꾸미, 오징어, 새우살이 생생하게 씹히며 퍼덕거리는 바다 그대로의 맛이 살아 있는 삼선짜장면이었다. 관우는 한 그릇을 눈 깜짝할 사이에 비우고 다시 한 그릇을 주문했다. 두 번째 짜장면은 비비기 전에 휴대폰으로 사진을 남겼다.

배고픈 야생 주방장 장비

부산의 중국집 동보성. 주방장인 장비에게 짜장면이라면 혼자 먹을 수도 있는 음식이지만 술은 자고로 혼자 마시는 것이 아니었다. 그런데 가게를 정리하고 문을 닫으려는 차에 한 남자가 들어오더니 52도나 되는 빼갈 한 병을 혼자 비우는 것이 아닌가. 그러다 미친 듯이 짜장면 한 그릇을 우적우적 먹어대고 다시 한 그릇을 주문했다. 장비는 뽑아놓은 수타면을 다시 끓는 물에 삶아내고 갖은 해물로 짜장소스를 만들어 관우의 테이블로 직접 가져갔다.

"손님 무슨 걱정 있으슈?"

무테안경을 쓴 깔끔하게 잘생긴 청년이었다.

"사장님 짜장면이 참 맛나네요."

사장이라고 불러주니 장비는 기분이 좋았다. 고아였던 장비는 동네 중국집 동보성에서 배달 일을 시작했다. 남포동에서는 신속하게 배달하는 뚱땡이 철가방으로 유명해졌고 주인은 장비를 아껴 주방에서 면발 뽑는 기술과 짜장면 조리법을 알려주었다. 주인이 나이가 들자 장비는 짜장면 만들기에서부터 서빙, 배달까지 혼자 해나갔는데 손님이 그다지 많은 편이 아니어서 장사를 꾸려나갈 수 있었다.

어렵게 자란 장비는 주방에 들어가면서 사람이라면 배를 곯지 말아야 한다는 신념으로 요리했다. 싱싱한 해물을 수산시장에서 직접 공수해서 푸짐하게 면을 말아 가난한 이들도 배 터지게 먹을 수 있는 장비표 삼선짜장면을 개발했다.

장비는 자신의 짜장면에 손님이 휴대폰을 대고 사진을 찍어대니 기분이 좋아져 그 앞자리에 다가가 앉았다. 두 사람은 술잔을 돌리며 떠나간 여자 이야기, 미식에 대한 이야기를 하더니 금세 마음을 터놓는 친구가 되었다.

서울로 돌아온 후 마음을 추스른 관우는 그동안 뜸했던 미식

칼럼을 다시 시작했고 컴백을 알리는 첫 번째 요리로 동보성의 삼선짜장면을 선택했다. 뛰어난 미각과 객관적인 평가로 이름 난 관우가 서울의 일류 레스토랑도 주지 않던 황금수저를 동보성에 두 개나 수여하다니! SNS에서 유명세를 치르고 동보성은 부산의 숨은 맛집으로 유명해졌고 해운대로 놀러온 관광객이라면 꼭 한번 들르는 필수 코스가 되어갔다.

"형님, 요새는 형님 덕분에 먹고삽니다."

장비는 관우에게 전화를 걸어 고맙다는 인사를 전했다.

"시간 날 때 서울로 한번 올라와. 여기 종로에 좋은 식재료로 깔끔한 짜장면을 만드는 도화원이라는 중국집이 있어. 한번 같이 가도 좋을 것 같구나."

그로부터 3개월이 지났을까. 부산 청년 장비는 관우를 찾아 서울로 상경했다.

도화원의 요리 천재 유비

집 나간 마누라는 돌아와도 실망한 손님은 돌아오지 않는다.

유비는 가난하지만 양심적으로 중국집을 운영하던 부모님 밑에서 태어났다. 유비에게 세상에서 가장 맛있는 요리가 아버지의 짜장면이었다. 걷기 시작할 때부터 유비는 장난감 대신 밀가루 자루에 묻혀 놀았으며 반죽하고 칼질하는 재주가 남달라 어려서부터 아버지를 도와 주방 일을 시작했다. 아들의 천부적인 재능에 기뻐하던 유비의 아버지는 자신의 모든 조리기술을 유비에게 가르쳤고 유비의 어머니도 빠듯한 살림을 쪼개어 동네 요리학원에 어린 아들을 등록시켜 다양한 요리를 배울 수 있도록 했다.

자연스럽게 요리 삼매경에 빠져든 유비는 우수한 성적으로 K대학 호텔경영 대학 조리학과에 수석으로 입학했다. 기본기가 탄탄한 유비였기에 새로운 요리를 습득하는 속도는 남달랐다. 1학년이 끝나기 전 중식은 물론 한식, 일식 조리사 자격증을 따냈고 천재성을 인정한 교수님들은 유비를 각종 대회에 출전시켰다. 유비도 교수님의 기대에 부응하며 대회마다 대상을 휩쓸고 돌아왔다.

대학을 졸업할 무렵 유비는 요리 천재로 관련 업계의 주목을 받게 되었다. 서울 시내의 호텔과 유명 레스토랑에서 제의가 들어왔으며 교수님은 대학원에 진학하여 교수가 되기를 추천했다. 하루는 스카우트하기 위해 학교로 찾아온 호텔 인사담당자들과 만난 후 유비는 깊은 생각에 잠겼다.

'내가 돌아가야 할 곳은 바로 내가 나고 자란 도화원이야.'

유비의 결정을 이해할 수 없었던 교수님을 비롯하여 주변의 선후배들은 뒤에서 수군거렸다.

"그 좋은 대우를 마다하고 골목길 중국집에서 짜장면이나 만든다니…. 유비는 실력은 뛰어난데 야망과 꿈이 없어."

평소에 말수가 없는 유비는 사람들의 조롱에도 머쓱하니 웃기만 하고 집으로 돌아왔다. 주말도 빠짐없이 30년 동안 아침 9시면 문을 열던 도화원을 내일부터는 자신의 손으로 열고 영업을 개시해야 했다. 아버지의 건강이 악화되어 병석에 누워 계시기 때문이다.

유비는 아침 일찍 옷을 차려입고 문을 나섰다. 청과물 시장에 들러 조리할 요리들의 식재료를 주문하고 새벽에 도축한 돼지고기를 사 들고 도화원으로 돌아왔다. 아침 손님은 비교적 적은 편이다. 점심 메뉴를 준비하기 위해 밀가루 반죽을 시작했다. 짜장소스에 들어갈 양파와 감자도 다듬었다. 식재료를 다듬으면서도 유비는 아버지의 말이 귀에 맴돌았다.

"유비야 이제 너에게 도화원을 부탁한다."

비록 짧은 한마디지만 그 안에 담긴 아버지의 바람을 유비는 알고 있었다. 아버지의 손맛을 잊지 않고 30년 동안 찾아오는 단골손님을 한 명이라도 실망시켜서는 안 된다는 말씀. 처음 도화원을 찾은 단골손님들도 아버지와 함께 나이가 들었다. 그때 품에 안거나 두 손을 꼭 잡고 오던 손님의 아이들이 이제는 어른이 되어서 도화원을 다시 찾아왔다. 저기 문을 열고 들어오는 관우처럼.

짜장면으로 맺어진 도원결의

"어? 어르신 오늘 안 나오셨나 봐요."

"응, 몸이 좀 편찮으셔서."

"아, 그러시구나. 그래도 뭐 상관없어요. 형님이 만든 짜장면은 아저씨 손맛이랑 똑같으니까."

유비는 세상에서 유일하게 부러운 사람이 바로 관우였다. 지혜로운 까만 눈을 가진 아이. 20년의 세월이 흐른 지금에도 관우의 첫인상은 선명하게 남아 있었다. 관우는 근사하게 차려입은 부모님의 손을 잡고 도화원을 들어오는 부잣집 도련님이었다. 짜장면이나 깍두기를 테이블로 서빙하던 유비는 부모님과 관우가 단란하게 대화하며 식사하는 풍경이 너무 행복해 보였다. 관우도 유비를 형처럼 따르며 외국에서 돌아올 때마다 유비에게 줄 선물을 잊지 않았다.

그런데 오늘은 관우가 부모님이 아닌 다른 사람과 함께 나타났다. 관우의 또래로 보이나 덩치가 관우의 두 배였고 어린아이 같은 웃음을 지닌 건장한 청년이었다.

"짜장면 계의 큰형님이시다, 인사드려라."

관우는 장비의 어깨를 툭 치며 유비를 소개했다.

장비는 허리를 90도로 접어 인사했고 머쓱해진 유비는 조용히 웃기만 하며 두 사람을 테이블로 안내했다.

유비는 오랜만에 찾아온 친구를 위해 영업을 일찍 종료하고 아껴 두었던 술 한 병을 꺼냈다.

세 사람은 술잔을 돌리며 짜장면에 대한 이야기를 하다가 관우는 즉석에서 유비와 장비의 짜장면 배틀을 제안했다. 유비는 야채를 깔끔하게 볶아내고 신속하게 짜장면을 만드는 데는 자기가 일인자라고 자부하고 있었다. 그러나 장비의 수타 실력을 본 순간 유비도 놀라움을 금치 못했다. 거구에서 뿜어져 나오는 힘은 고스란히 반죽으로 전해져 쫄깃쫄깃 탄력 있는 면발이 뽑아져 나왔고, 대충대충 하는 것 같지만 해물 본연의 맛을 고스란히 살려 내는 조리법도 유비의 입맛을 사로잡았다.

짜장면으로 손님을 행복하게 한다는 데 뜻을 같이한 세 사람은 술잔을 높이 들었다. 그날 세 사람은 도화원에서 밤늦도록 술잔을 돌리며 의형제를 맺었다.

며칠 후 유비는 영업을 종료하고 카운터 옆에 있는 노트북을 켰다. 유비는 바쁜 일정 중에서도 꼭 1시간 정도는 짬을 내어 인터넷 정보검색에 열중한다. 습관처럼 관우의 페이스북부터 찾았다. 인천의 어느 중국집에서 맛보았다는 짜장면 사진과 함께 시식평가가 있었고, 벌써 댓글도 여럿 달려 있었다. 유비는 뛰어난 요리상식과 천부적인 미각을 가진 관우 덕분에 많은 정보와 도움을 얻는다. 사진과 평가를 공부 삼아 읽고 관우에게 좋은 사진과 자료 잘 보고 간다는 댓글을 남겼다. 그 시간에 노트북보다는 스마트폰을 선호하는 장비는 동보성 주방 한편에서 스마트폰으로 관우와 유비의 글을 읽고 자신이 오늘 개발한 사천해물탕면을 촬영하여 메시지로 전송한다.

그러자 동시에 두 사람에게 관우로부터 쪽지가 날아왔다.

그녀가 돌아왔어요.

나를 버리고 떠났던 옛사랑.

장비가 댓글을 달았다.

딴 놈들을 만나다 보니 형님만 한 사람이 없다는 걸 안 모양
이죠. 형님 절대로 그냥 받아주면 안 됩니다. 형님도 보란 듯이
딴 여자랑도 만나보고 적당~히 튕겨주다가 그래도 잘못했다고
빌면 그때 받아주세요. ㅋㅋ

뒤이어 유비도 댓글을 달았다.

니가 그렇게 좋아하던 유일한 여자였잖아. 다시 돌아왔다면
그동안 무슨 사정이 있었거나 너를 진정으로 좋아한다는 걸 알
게 된 거겠지. 남자의 매력이란 게 말이야… 기댈 수 있는 든든
함이라고 생각해. 잘 생각해 봐. ^^

관우는 팔짱을 끼고 두 사람의 댓글을 보며 미소를 지었다.

'이제 전혀 떨리거나 설레지 않는 옛사랑. 편안하게 추억에
가치를 두며 다시 시작할 것인가 아니면 깨끗하게 떨치고 새로
운 러브스토리를 써나갈 것인가.

개천에 핀 야망의 꽃 조조

'밟고 오른 사다리는 철저히 부숴버린다.'

차이니스 레스토랑 〈위(Oui)〉의 오너 셰프, 조조의 좌우명이다.

차이니스 레스토랑 CEO가 되기까지 조조의 요리 인생은 말 그대로 사투(死鬪)였다. 4년제 대학을 졸업하고 취업난이 닥치자 간간이 모아온 돈으로 요리학원을 등록한 것이 조조의 요리인생 첫 발걸음이었다. 시골에 계신 부모님은 아들이 회사에 취직해서 평탄하게 사회생활을 시작할 것을 바랐지만 조조의 눈에는 별다른 비전이 보이지 않았다. 한식에서 시작하여 일식, 양식까지 성실하게 요리자격증을 취득한 조조는 요리야말로 자신이 노력한 만큼 결과물을 얻을 수 있는 분야라고 확신이 들었다.

그러나 요리사로서 성공하려면 자격증은 그야말로 이력서한 줄에 불과했다. 요리사 세계는 유학에서 돌아온 해외파들과 잘사는 부모 덕에 스튜디오라는 간판을 걸고 온갖 명품 주방용기들을 채워 취미생활하는 푸드스타일리스트로 이미 포화상태였다. 그러나 위에서 끌어주는 사람이 없다고 주방의 보조로 안주할 조조가 아니었다. 자신의 힘으로 성공해서 그들을 보기 좋게 짓밟아 주는 것이 유일한 삶의 목표였다.

조조는 동네 중국집 주방에서부터 차근차근 단계를 밟아 대형 차이니스 레스토랑으로 옮겼다. 그 레스토랑의 주방장은 남들보다 성실한 자세로 일하던 조조를 알아보고 W호텔 조리장으로 옮기면서 조조를 데려갔다. 일단 호텔 주방에서 일한 경력이 더해지니 이력서를 채우는 데 가속이 붙었다. 방송계 연줄이 있는 선배를 끈질기게 쫓아다니며 푸드 토크쇼의 보조요리사 자리를 얻었다. 조조의 잘생긴 외모와 화려한 칼솜씨가 방송을 타자 시청자들의 문의가 이어졌다. 얼마 후 조조는 프로그램을 이끌어가는 요리전문가가 되었고, 아침 토크쇼와 건강을 주제로 한 퀴즈 프로그램에도 출연해 신세대 요리사로 이름을 알렸다. 방송을 통해 인지도가 높아지자 조조는 그 기회를 놓치지 않고 출판계에 손을 뻗었다. 《웰빙 차이니스 푸드》라는 책과 주부를 대상으로 하는 요리교재를 펴냈다. 이 교재를 활용한 요리강습 TV 프로그램까지 진행하면서 그야말로 요리계의 스타로 입지를 굳혔다.

그때 즈음에 한 대기업에서 투자 제의가 들어왔다. 조조의 스타성과 인지도를 이용하여 요리 트랜드의 선두 지역인 강남 가로수길에 트랜디한 차이니스 레스토랑을 열자는 제의였다. 조조는 이제야 세상이 자신을 알아주는 것 같아 혼자 기쁨의 눈물을 흘렸다. 조조의 레스토랑 위(Oui)는 조조가 방송에서 조리하는 요리들을 메뉴화하면서 강남의 젊은 아가씨들과 광고 및 방송계 사람들의 입맛을 사로잡으며 가로수길의 명소가 되었다.

위(Oui) 2호점을 내기 위해 인구 유동량이 많은 종로 일대를 물색하던 중 조조는 자신의 앞을 가로막는 장애물 두 개를 발견했다. 하나는 대한민국의 대표 차이니스 레스토랑으로 〈만리장성〉이었고, 또 하나는 종로 골목에서 30년 동안 푸짐하고 맛있기로 소문난 〈도화원〉이었다. 〈만리장성〉이 종로와 광화

문 일대를 포괄하며 고급 소비자층의 입맛과 취향을 만족시키고 있었다면 도화원은 값싸고 빠른 배달로 저렴하게 중화요리를 즐기는 중산층을 완벽히 만족시키고 있었다. 지금 상태로 종로에 위(Oui) 2호점을 연다 해도 기존의 고객들을 자신의 레스토랑으로 끌어올 방법이 없었다.

증오와 야망을 토양 삼아 오너 셰프에 이르기까지 남몰래 흘렸던 눈물과 수고에는 넉넉한 보상이 따라야 한다고 생각했다. 그러기 위해서는 필요 없이 양분을 빨아먹는 잡초 따위는 마땅히 제거해야 했다.

며칠 동안 고민하던 조조는 결단을 내렸다.

'만리장성을 정복할 수 없다면 도화원을 무너뜨리자.'

조조는 방송국에서 친하게 지내던 교양국 PD에게 전화를 걸었다. 며칠 후, '소비자 고발'이라는 프로그램에서 중국집의 위생실태를 고발하는 내용이 방송되었다. 영세 중국집의 불결한 위생실태, 야채를 수십 번 볶다가 흙빛으로 변한 식용유, 이 기름을 부어 짜장소스를 만드는 주방장, 식기 사이로 벌레가 나오는 주방이 고스란히 화면에 노출되었다. 짜장면을 더 이상 못 먹겠다는 진행자의 마무리 멘트가 나오면서 〈도화원〉 간판이 화면 가득 잡혔다가 페이드아웃되었다.

샤워 후 유유히 와인을 마시며 이 방송을 보고 있던 조조는 조용한 웃음을 지었고 전화를 걸어 PD에게 고맙다는 인사를 전했다.

방송이 나오던 그날 유비는 마감장 야채를 구매하기 위해 청과물 시장을 돌아보고 있었다. 예전보다 야채 가격이 배로 올라서 그렇게라도 구매하지 않으면 아버지가 수 년간 지켜온 짜장면 가격을 유지할 수 없었다.

다음 날 아침 영업을 개시한 유비는 깜짝 놀랐다. 도화원 문에는 빨간 매직으로 '폐유 짜장면 너나 처먹어라'라고 적혀 있었고, 문 앞에는 누가 일부러 버리고 간 듯한 쓰레기 더미들이 쌓여 있었다. 점심시간이면 테이블을 가득 채우던 손님들도 그날따라 한 사람도 들어오지 않았고 줄줄이 걸려오던 배달 전화도 침묵만 지키고 있었다. 어리둥절해 있는 유비에게 관우의 전화가 걸려왔다.

"형님 괜찮으세요?"

"관우야, 무슨 일인지 오늘은 손님이 하나도 없어."

"형님 어제 그 방송 못 보셨습니까?"

"무슨 방송?"

"소비자 고발요. 중국집 실태를 고발한다며 이상한 주방들이 나오더니 마지막에 도화원 간판이 크게 잡히더라구요."

유비는 깜짝 놀랐다. 식당 구석에 둔 노트북을 켜 들고 인터넷 다시 보기로 관우가 말한 방송을 시청하고 충격을 받은 유비는 입이 다물어지지 않았다. 며칠 전 방송국에서 취재 나왔다는 VJ에게 맛집을 소개하나 싶어 친절하게 안내해 준 기억이 있었으나 그때 촬영분이 이렇게 나올 줄은 꿈에도 몰랐다. 주방은 모두 다른 중국집이었으며 다른 식당의 간판은 모자이크 처리가 된 반면 마지막에 잡힌 〈도화원〉 간판만 세 글자가 또렷이 노출되었다.

그날 이후로 도화원에는 배달 전화는 물론 30년 동안 꾸준히 찾던 단골손님마저도 발길을 끊었다. 관우는 인터넷으로 유비의 도화원에 관련된 오보에 대해 직접 발 벗고 해명하고 나섰다. 그러나 이미 방송을 통해 불거진 불신의 회오리는 마른 들판에 불 번지듯 빠르게 확산되어 나갔다.

이 방송의 여파로 종로의 도화원뿐만 아니라 동네 소규모 중국집들이 초토화되었다. 손님이 끊긴 식당들은 하나 둘 문을 닫았고 짜장면을 즐기는 사람들은 두 배의 가격을 지불하더라도 위생적일 것 같은 고급 중화요리 집으로 몰리기 시작했다.

조조는 이 시점을 놓치지 않고 레스토랑 〈위(Oui)〉 종로점을 오픈했다. 〈도화원〉과 하나를 사이에 둔 위치였다. 종로 일대에 짜장면과 짬뽕을 좋아하던 사람들은 도화원을 외면하고 위(Oui)로 몰려가기 시작했다. 위(Oui)의 짜장면은 도화원보다 두 배 가까이 비쌌지만 건강과 위생을 위해서 그 정도는 투자한다는 사람들의 심리를 조조는 시의적절하게 이용했다. 위(Oui)는 산산조각 난 도화원을 사뿐히 즈려밟고 종로 일대의 메이저 차이나 레스토랑으로 가뿐히 올라섰다.

이 사태에 가장 큰 타격을 받은 사람은 유비의 아버지였다. 평생의 노력을 통해 일구어 온 도화원이 TV 프로그램 하나로 초토화되었다. 양심과 정성을 원칙으로 하던 요리 인생이었기에 근원을 모르는 불신과의 싸움에서 저항 한번 해보지 못한 채 희미하게 무너져갔다. 울화로 병세가 악화된 유비의 아버지에게 유일하게 남은 희망은 아들이었다. 그는 주방에서 평생을 함께한 칼 한 자루를 유비에게 건넸다.

"유비야, 이제 내가 남겨줄 것은 이 칼 한 자루밖에 없구나. 너를 우리나라 최고의 중화요리사로 키우고 싶었는데. 아무것도 해주지 못한 못난 아비를 용서해라."

"아버지 그게 무슨 말씀이세요. 상황은 시간이 지나면 해결될 거예요. 아버지 힘내시고 자리에서 일어나셔야죠."

유비는 슬픔을 이기지 못하고 하염없이 눈물만 흘렸다.

"아들아. 너에게는 요리에 천부적인 재능이 있다. 그 재능을 계속 갈고닦아서 이 아비의 못다 한 꿈을 이루어다오. 유비야. 이 말 명심하거라. 요리사는 사람의 몸과 마음을 살찌우는 고마운 직업이다. 너는 손님의 몸과 영혼에 영양이 되는 궁극의 짜장면을 만들도록 하여라."

유비의 아버지는 이 한마디를 끝으로 유명을 달리했다.

유비는 앞이 캄캄했다. 인생의 가장 큰 스승 아버지를 아무런 준비 없이 허망하게 보내다니. 유비는 아버지의 유품인 칼 한 자루를 가슴에 품었다.

'아버지 끝까지 지켜봐 주세요. 도화원을 일으켜 세우고 아버지의 뜻을 받들어 궁극의 짜장면을 만들어내겠습니다.'

유비는 마지막 길을 떠나시는 아버지의 눈을 감겨드렸다.

유비는 무너져가는 도화원을 보고만 있을 수 없었다. 도미노처럼 스러져가는 가난한 중국집을 대표해서라도 짜장면의 절대고수가 될 것을 다짐했다. 그날 밤 페이스북을 통해 대형 체인점인 만리장성에 '짜장면 배틀'을 하자고 선전포고를 했다.

관우의 도움으로 블로그를 통해 선발된 열 명의 시식단은 우선 만리장성의 짜장면을 시식하고 다음 날 도화원에 모여 유비의 짜장면을 맛보기로 했다. 결과는 유비의 참패였다. 화려한 인테리어와 호텔급의 서비스, 명품 테이블웨어에 서빙되어 나온 만리장성의 짜장면을 맛본 시식단들은 허름한 도화원의 짜장면을 보더니 비벼보지도 않고 외면하고 돌아섰다.

또다시 처철한 무시와 패배를 맛본 유비는 절망의 나락으로 추락했다. 만리장성에 패배한 것도 이유였지만 그동안 짜장면 조리솜씨는 최고라고 여기던 자존심이 참을 수 없이 부끄럽고 한심했다. 유비는 도화원 문을 걸어 잠그고 주방에 처박혀 하루하루를 술로 보냈다. 관우와 장비가 도화원으로 찾아와 문을 두드렸지만 아무런 대답을 들을 수 없었다.

30년 동안 비밀을 간직한 강 회장

그 무렵, 강 회장이 직접 유비에게 메시지를 보냈다.

"유비 군 아버지의 짜장면을 즐겨 먹던 한 사람입니다. 도화원이 사라지는 것을 안타깝게 여기며 유비 군을 한번 만나고 싶습니다."

유비에게 메시지를 남긴 후 약속한 기자회견실로 자리를 옮긴 강 회장은 유력 언론이 모인 회견장에서 한국 최고의 중화요리사를 선발하는 요리경연을 개최한다고 공식 발표했다. 수상자는 SG 그룹이 운영하는 6성급 SG 호텔 조리장으로 발탁한다는 파격적인 제안과 함께.

강 회장의 기자회견 내용은 TV 뉴스와 일간지, 인터넷 포털 사이트를 통해 일파만파로 퍼져나갔다. 대한민국 최고의 요리 결전이 선포된 것이다. 학벌과 인맥은 물론 요리사의 스펙은 모두 배제한 채 실력 하나로 평가하고 선발하겠다는 SG 그룹의 방침에 대한민국이 술렁대기 시작했다.

쓰레기 더미가 쌓여 있는 도화원 앞에 검은색 중형 세단이 멈춰 섰다. 양복을 입은 사람이 유비를 불러 차에 태우고는 강남에 있는 SG 그룹 본사 건물 앞에 가서 멈추어 섰다.

글로벌 일류기업 SG 그룹의 강 회장. 대한민국에서 글로벌 경영을 선포한 1세대로서 맨손으로 시작해 현재 반도체와 통신기술은 물론 친환경 에너지 기술을 상용화시켜 경영계의 선두주자로 떠오른 입지전적인 인물이었다.

강 회장의 집무실에는 SG전자에서 최근 출시한 LED 대형 TV에서부터 전세계 화상통신으로 국가의 벽을 허문 5G휴대폰까지 최첨단 디지털 기계의 전시장을 방불케 했다. 강 회장의 모든 지시는 대형 모니터와 사내 블루투스를 통한 무선 네트워킹으로 이루어졌다. 컴퓨터 자판 사용이 불편한 강 회장을 위하여 그의 컴퓨터에는 음성인식 장치가 개발되어 장착되었다. 이 장치는 다소 어눌한 강 회장의 어투를 세련되고 정돈된

어투로 자동편집하여 이메일을 전송하거나 SNS에 새로운 내용을 업로드했다.

강 회장은 유비를 기다리면서 30년 넘게 끈끈하게 이어졌던 유비 아버지와의 인연을 회상했다. 작은 회사의 문을 연 젊은 시절 값싼 재료를 들여오기 위해 인천항을 거쳐 중국으로 건너갔다. 그 배 안에서 만난 한 청년. 그는 중화요리의 근원을 찾기 위해 중국으로 건너간다고 말했다. 길고 긴 항로에서 두 청년은 서로의 사업과 비전에 대해 이야기했으며 중국에서의 일정도 함께했다. 각자 제자리로 돌아오면서 강 회장은 최고의 사업가로, 유비의 부친은 최고의 중화요리사로 다시 만나자고 굳게 약속했다. 그 후로 30년 동안 강 회장이 과로하거나 일이 잘 안 풀릴 때면 도화원으로 찾아가 짜장면 한 그릇으로 지친 몸과 마음을 달랬다. 옛 친구가 비벼주는 짜장면 한 그릇은 피곤한 몸과 마음을 회복시켜 주는 자양강장제였다.

강 회장은 옛 친구를 쏙 빼닮은 청년을 반갑게 맞이했다.

"유비군, 아버지가 돌아가시면서 유품을 하나 남기진 않았는가?"

"예. 칼 한 자루를 남겨주셨습니다."

"그 칼에 얽힌 비밀을 자네는 알고 있는가?"

"비밀이라니요?"

단순히 평범하고 오래된 식칼로 여기던 유비는 깜짝 놀랐다. 강 회장은 자리로 돌아가 서재와 연결되어 있는 비밀금고를 열었다. 오색 비단 보자기의 매듭을 풀고 그 속에서 대나무 조각 하나를 조심스럽게 꺼내 들었다.

"여기에 무어라고 적혀 있는가?"

"그것은 사람 인(人) 자입니다."

"자네 아버지가 남긴 칼에도 글자 하나가 새겨져 있었지?"

그러고 보니 아버지의 칼에도 손잡이 부분에 같은 글자가 적혀 있는 것 같았다.

"자네 아버지는 어려서부터 자네가 요리에 재능이 있음을 기뻐하고 가난한 환경에서도 자네를 키우는 데 열과 성의를 다했네. 자네에게 이 이야기를 전해줄 시기를 기다렸나 본데 때가 되기도 전에 갑작스럽게 세상을 뜰 줄이야. 이 칼을 준 것은 아버지가 자네를 한 명의 요리사로 인정한다는 뜻이니 부디 그 뜻을 잇길 바라네. 나 또한 자네에게 사람들의 입맛을 사로잡고 허기와 영혼을 달래는 요리로 중화요리의 일인자가 되라는 발전적인 목표를 던져주고 싶네."

유비는 강 회장의 얼굴에서 아버지를 떠올렸다. 어려운 환경에서도 자신에게 늘 사랑과 정성을 쏟던 인자한 아버지. 요리를 가르치는 데 있어서는 한치의 실수도 용납하지 않는 절대적인 스승이었다. 그리고 그 옆에는 어머니가 있었다. 유비의 천부적인 재능을 발견한 어머니는 어려운 가정 환경에서도 유비에게 도움이 될 요리학교와 스승을 찾아 가르침을 구했다.

내일 아버지의 칼을 가지고 중국으로 떠나게. 북경의 유리창이라는 거리에 가면 100년째 대를 잇는 승보재(承寶齋)라는 골동품점이 있을 거야. 거기 주인장을 찾아 그 물건을 보이게. 그럼 아버지가 자네에게 왜 그 칼을 남겼는지, 내가 왜 자네를 불렀는지, 그리고 어떻게 하면 최고의 요리사가 될 수 있는지 그 비결을 가르쳐줄 걸세.

허름한 도화원에서 유비와 관우와 장비는 다시 만났다. 내일 당장 중국으로 가라는 강 회장의 말에 유비는 중국어에 능통한 관우의 도움이 절실했다. 관우는 유비의 처지가 안타까워 부탁을 거절할 수도 없었거니와 큰 대회를 앞두고 강 회장이 유비를 개인적으로 불러낸 이유와 그 칼자루에 숨겨진 비밀이 있다는 이야기를 듣고 솟아오르는 호기심을 억누를 수 없었다. 유비가 SG 호텔 주방장 선발에 출사표를 던졌다는 소식에 장비는 동보성 주방장 자리를 넘기고 아예 짐을 싸서 상경해 버렸다.

요리대회까지는 아직 석 달이 남아 있었다. 중간에 치를 예
선을 감안한다면 준비 기간은 한 달밖에 남지 않은 셈이었다.
유비와 관우와 장비는 마지막 남은 술 한 병을 꺼내어 한 잔씩
돌리고 앞으로 펼쳐질 운명과 같은 모험과 도전을 위해 건배
를 외쳤다.

유비와의 동행은 관우에게도 특별한 의미였다. 도원결의 후
아무런 도움이 되지 못한 유비에게 마음의 빚을 갚고 싶었다.
더불어 도화원을 중화요리의 최고라고 추천했다는 이유로 도
화원과 함께 추락한 자신의 명성도 회복할 수 있는 계기가 되리
라는 생각이 들었다.

한편 SG 호텔의 조리장 선발대회 소식은 중화요리의 대형
체인 <만리장성>의 후계자 손권에게도 들어갔다. 세계 3대 요
리학교인 미국의 CIA, 프랑스의 르 꼬르동 블루, 일본의 츠지
원 연수를 마치고 귀국하여 한국에서는 이미 신세대 오트 퀴진
의 선두주자로 인정받은 엘리트. 손권은 해외에서 쌓아온 자신
의 이력과 세계적인 호텔에서 친분을 맺어둔 베테랑 셰프들이
도와준다면 조리장 자리는 따놓은 당상이라고 생각했다. 만리

장성의 직원들은 자신들의 오너인 손권이 최고급 호텔인 SG의 조리장이 된다면 만리장성의 위력은 누구도 넘보지 못하는 요리계의 철옹성이 되리라 기대하며 술렁거렸다.

반면 소식을 전해 들은 조조는 초조했다. 노력과 투지로 지금의 자리에 올랐지만 요리에 특별한 재능이 없다는 것은 누구보다 스스로 잘 알고 있었다. 비록 작은 중국집을 운영했지만 천부적인 요리 솜씨로 업계의 다크호스로 떠오르던 유비. 막강한 재력과 인맥을 바탕으로 해외 유수의 요리 학교를 거친 후 데뷔하자마자 요리계를 주름잡은 손권. 이 두 사람을 이기기 위해서는 재능과 실력 외에 자신만이 가지고 있는 필살기가 필요했다.

'무슨 수를 써서라도 이겨야 한다. 최고가 되어야 한다.'

성공을 향한 조조의 야망은 다시 활활 타올랐다.

【제 2 부】 삼자경의 비밀

궁극의 요리는
마음가짐과 태도로부터

인천공항에서 만나 북경으로 향하는 비행기에 오른 유비, 관우, 장비. 세 사람은 북경 수도공항에 도착 후 새롭게 변한 중국의 모습에 입을 다물지 못했다. 숙소를 잡고 시내를 걷다 보니 마천루가 하늘 높이 솟아 있었고 깨끗하게 정비된 도로에는 자전거의 물결 대신 미끈한 외제 승용차들의 행렬이 이어졌다.

세계 각지에서 찾아온 외국인들이 모여 메트로폴리탄을 이루었고 곳곳에 보이는 스타벅스에서는 외국인들과 중국인이 한 테이블에서 커피를 가운데 두고 담소를 나누고 있었다. 넋놓고 주위를 바라보고 있는 유비와 관우를 보면서 장비는 배가

고프다고 떼를 썼다. 세 사람은 마땅한 식당을 찾지 못하던 중 거리에 있는 맥도널드로 들어가 빅맥세트를 시켰다.

밤이 으슥해지자 숙소로 돌아온 세 사람. 잠들기 전 유비는 노트북에 전원을 켜고 페이스북에 로그인했다. 침대에 앉은 관우도 노트북을 꺼내 동시에 페이스북을 열었다.

유비는

오늘 북경에 도착했네요. 내일부터 본격적으로 요리의 비결을 찾는 모험이 시작됩니다. 지켜봐 주세요.

라고 글을 올렸다. 그러자 밤 늦은 시간이었는데도 강 회장이 로그인해 있었는지 제일 먼저 강 회장의 댓글이 올라왔다.

축하합니다. 앞으로 기대하고 지켜보겠습니다.

관우는

중국이 많이 변화하고 있네요. 예전과는 다른 모습입니다. 새로운 모습들도 전하겠습니다.

라는 북경에서의 첫 소감과 함께 천안문에서 찍은 사진을 올렸다.

장비는 빅맥 햄버거를 두 개 시켜서 우적우적 먹고도 다시 먹는 꿈을 꾸는지 입맛을 쩝쩝 다시며 깊은 잠에 빠져 있었다.

다음 날 아침 유비와 관우, 장비는 조식을 간단하게 먹고 강회장이 말했던 유리창으로 찾아갔다. 유리창은 현대적으로 변하는 중국의 도로 옆에 난 작은 골목으로 수백 년째 전통문화를 지켜나가는 우리의 인사동과 같은 골목이었다.

유리창은 뿌연 안개에 덮인 채 남신 화가 거리를 가로질러 양편으로 펼쳐져 있었다. 명청 시대 때부터 예술가와 문인 학자들이 모여들면서 문화의 거리로 이름이 나기 시작한 곳이다. 당시 중국의 명인들은 거리의 찻집에 모여 앉아 시서화에 대한 단상들을 교류했고 돌아가는 길에는 서점과 문방구에 들러 책과 벼루, 먹, 종이 들을 사서 돌아갔다. 다른 지역에서 상경한 나그네 예술가들은 여행경비가 떨어지면 자신이 가지고 있던 책이나 작품을 팔아 충당했는데 그 가게와 유랑 예술가의 잔재가 골동품 가게와 길거리 행상으로 오늘까지 고스란히 남아 있었다.

베이징의 도심에 자리해 있으나 분주한 일상의 리듬과는 동떨어진 느낌이었다. 고요하고 스산한 분위기마저 감돌아 과거의 시간 속에 밀폐되어 있는 듯이 보였다.

세 사람은 골목 모퉁이에 대기하던 인력거를 잡아타고 승보재를 아느냐고 물었다. 운전수는 승보재라는 말을 듣자마자 삐걱거리는 페달을 밟더니 세 사람을 지붕에 거대한 기와를 얹은 골동품점 앞에 내려주었다. 동양화와 붓, 먹 등의 문방사우를 파는 승보재. 문을 열고 들어가니 동그란 안경 너머로 하얗고 긴 눈썹이 인상적인 노인이 상점 한편에서 꾸벅꾸벅 졸고 있었다. 세 사람은 어둡고 컴컴한 가게 안으로 들어가 노인을 깨웠다. 노인은 유비가 내미는 칼 한 자루를 보더니 졸음기가 남은 눈으로 한참 허공을 바라보다가 "뚜이러(알았다)!"라고 외쳤다. 노인의 퀭한 눈에 갑자기 광채가 돌았다.

"드디어 삼자경을 완성하러 왔구만."

"삼자경이요?"

노인은 자신을 제갈공이라고 부르라고 했다. 제갈공은 세 청년을 친구처럼 반갑게 맞이하고 이들을 중국에서 가장 유명한 오리구이 전문점인 전취덕으로 데리고 갔다. 20년도 더 지난 강회장과 유비 아버지와의 인연을 생생히 기억하며 제갈공은 삼자경의 이야기를 풀어놓았다.

"중국에는 예로부터 아이들에게 글을 가르치기 시작할 때 교본으로 쓰는 삼자경(三字經)이 있네. 물론 귀족이나 경제적으로 부유한 집안에서는 소학(小學)에서 대학(大學)까지 가르치고, 사서삼경(四書三經)을 필독하도록 하지만 가난한 집에서는 어디 그럴 여유가 있어야 말이지. 그리고 알다시피 유리창은 명청 시대 황실에 필요한 도자기와 유리를 구워내던 공장이 모여 있던 거리라네. 그나마 황실에서 쓰는 종이와 먹, 붓 등을 만들어 파는 문방구가 집중되어 있어 문화적인 혜택을 받을 수 있었어. 기술로 먹고사는 사람들은 방에 가만히 앉아 책을 숙독할 시간이 없었기 때문에 삼자경이라는 대안을 내놓았다네."

"천자문은 알겠는데 삼자경은 금시초문입니다. 삼자경이라는 교본이 따로 있습니까?"

"그 당시 기술자들은 천자문을 공부할 여유도 알 필요도 없었지. 그저 유리를 만드는 사람들은 유리 굽는 기술에 필요한 글자만 알면 되었고, 도기와 항아리를 굽는 사람들은 흙의 종류와 가마에 대한 글자만 알면 그만이었어. 그래서 재주로 먹고사는 집안들은 그 기술에 관련된 서로 다른 삼자경을 집안마다 가지고 있었다네."

"그럼 인(人)으로 시작하는 삼자경은 어느 집안의 삼자경인가요?"

"집안 대대로 황실요리사를 배출해서 중국에서도 전설의 요리 명가로 불리는 왕가(王家)네 삼자경이야. 먹고살기에 바쁜 사람들이라 삼자경을 보전하고 대물림하던 집안은 극히 드물었지만 유독 왕가만큼은 삼자경을 유독 중요하게 생각하고 대를 이어 가르칠 것을 강조했다네."

"아 그럼 인(人)으로 시작하는 삼자경은 요리와 관련된 글자이겠군요."

유비는 아버지와 강 회장이 자신에게 넘긴 숙제에 대해 실마리를 잡은 것 같았다.

"그렇다네. 왕가의 어른들은 자녀들을 가르치는 방식이 남달랐지. 삼자경의 글자들을 대나무에 새긴 후 그 목간들을 하나하나 떼어 유리창에 있는 상점주인에게 맡겨 두는 것이야. 그리고 각종 찬기나 식재료들을 사오라고 아이들을 유리창에 심부름 보낼 때마다 그 목간을 찾아오도록 시켰어.

"목간이 무엇인가요?"

장비가 물었다.

"목간이란 중국에서 종이를 발명하기 전에 문자를 기록하기 위해 사용했던 대나무 조각일세. 목독(木牘) 혹은 목첩(木牒)이라고도 하는데 원래는 대나무를 잘라 한쪽 한쪽 끈으로 꿰어 썼으나 나중에는 오동나무를 얇게 잘라 쓰기도 했지.”

제갈공은 하던 이야기를 마저 이어나갔다.

“삼자경은 세 개의 글자가 하나의 절(節)을 이루며 총 다섯 개의 절로 되어 있는데, 1절 3자를 찾아낼 때마다 요리비법 하나씩을 전수해 주었기 때문에 삼자경을 찾아내지 못하는 아이들은 평생 시장 보는 심부름만 하며 늙거나 요리를 포기했지.”

“1절 3자인데 5절이라. 그럼 모두 합치면 열다섯 글자네요. 그냥 종이 한 장에 써두고 가르치면 외우기도 편할 텐데 그런 이유가 따로 있습니까?”

“이 집 오리고기 맛이 어떤가, 입에 살살 녹지? 위에 부담이 되는 기름기는 아래로 빠져나가게 해서 겉은 바삭하고 고기 질은 부드럽게 익히는 조리법이 바로 훈제(燻製)라네. 왕가의 교육방식을 ‘훈육(燻育)’이라고도 해. 왜 고기도 숯을 이용해 오랜 시간 안 익혀내면 타지 않으면서도 기름기는 빠지고 노릇노릇 속까지 구수하게 구워지지 않나? 교육도 마찬가지일세. 아이들에게 글자를 가르쳐주고 외우도록 시키는 것보다는 글자 하나하나에 담긴 뜻과 의미를 되새기게 하고 연상하는 능력을 가르치면서 몸과 마음에 베어 들도록 하는 방법이야. 왕가는 요리의 대가답게 조리법을 자연스럽게 교육법으로 연결한 셈이지.”

"그럼 아이들이 쉽게 목간을 찾아냅니까?"

"목간을 찾는 것이 여간 어려운 게 아니었지. 글자 하나를 찾아내면 그 글자에 의해 연상되는 다음 자를 찾아야 했으니까. 만약 순서가 뒤바뀌면 그 다음 글자를 찾을 수 없기 때문에 설사 여러 개를 동시에 찾는다고 해도 차례대로 엮어내지 못하면 아무런 의미가 없었어. 유리창에 있는 골동품 가게에는 아직도 그 당시 왕가에서 남긴 삼자경이 곳곳에 남아 있다네."

"그럼 저희 아버지께서는 이 삼자경 열다섯 자를 다 찾아냈습니까?"

"열네 자까지 찾고 한 글자를 못 찾고 돌아갔지. 그 마지막 한 글자를 풀라고 자네들을 보냈나 보군. 잘 생각해 보게. 칼에 새겨진 글자가 무엇인가?"

"사람 인이요."

"그럼 이 목간에 새겨진 글은 무엇인가?"

제갈공은 주머니에서 강 회장이 유비에게 보여준 것과 똑같은 대나무 조각을 하나 꺼내 건네주었다.

"사람 인이요."

"사람 인 자가 두 개일세. 여기에 두 번째 글자의 힌트가 있네. 1절의 나머지 두 글자를 알아내면 내가 왕가를 만나게 해주지. 아직도 삼자경을 찾아다니는 사람이 있는 걸 알면 왕가네가 기뻐하겠구먼."

"왕가라니요?"

"바로 그 인(人)으로 시작되는 삼자경의 주인이자 중국의 최고 황실요리사로 인정받는 왕사부 말일세. 황족과 황실의 권위는 역사와 함께 사라졌지만 사람이 먹는 요리는 사라지지 않지. 제국이 막을 내리고 중화인민공화국이 성립된 후에도 북경에서 〈왕가대반점〉이라는 식당을 크게 열고 황실만찬의 명성과 전설적인 조리법을 이어가고 있는 요리의 대가라네."

호텔로 돌아온 세 사람은 칼자루와 목간을 뚫어져라 쳐다보았다. 유비는 아버지의 칼과 목간을 바라보며 깊은 생각에 빠졌다.

"사람 인(人)이 두개라… 사람과 사람. 사람과 사람을 나타내는 한자가 과연 무엇이 있을까?"

장비는 어제 먹다 남은 감자튀김을 케첩에 찍어 먹다가 접시 위에 감자튀김 네 개로 사람 인(人) 자 두 개를 만들었다.

"우리가 너무 어렵게 생각한 거 아닌가 싶은데. 이거 시옷 같은데 두 개가 모이니 딱쌍시옷이네."

장비는 쌍시옷으로 된 단어들을 열거하기 시작했다.

유비는 장비를 보고 큭큭 웃다가 감자튀김의 조합을 보며

"아무렴 중국에서 전해졌다는데 그게 한글이겠냐? 어 어찌 보니 산 모양인데, 산(山) 자가 아닐까? 산에 가서 도라도 닦으며 칼 갈란 이야긴가?"

관우는 멀찌감치 책상에 앉아 두 사람의 이야기를 흘려들으며 자신의 생각에 골몰했다.

'사람 인 변을 쓰는 한자는 수도 없이 많지만 사람 인이 두 개 조합되어 쓰는 한자는 없다. 사람과 사람, 두 사람이 손을 잡은 모습, 사람과 사람의 관계…'

"맞다 인(仁)이다."

갑자기 소리치는 관우를 두 사람은 깜짝 놀라며 쳐다보았다.

"인(仁) 자는 인(人) 자와 이(二) 자로 구성되어 있는데. 바로 두 사람이라는 의미야. 이는 또한 상대가 자신과 동등하다는 것을 의미하지. 두 사람 사이에는 독립적인 인격이 존재하며 이는 두 사람의 사귐에서 반드시 전제가 되어야 하는 것. 따라서 사람 인이 두 개, 이 글자가 합해지면 인(仁)을 뜻하지. 이는 또한 사람을 아끼고 존중하며 그 사람의 가치를 긍정하는 의미해."

두 번째 목간을 찾은 기쁨에 세 사람은 소리를 질렀고 이튿날

아침 해가 뜨자마자 승보재의 제갈공을 찾아갔다.

"음 제법들 하는군… 그런데 그 다음 자가 쉽지 않을 텐데….
내가 힌트를 하나 더 주지."

제갈공은 골동품점 구석에서 먼지가 수북이 쌓인 고서들을
뒤적뒤적거리더니 앞 표지가 너덜너덜해진 《논어》를 찾아 건
넸다.

"돌아가서 쭉 한번 읽어 보시게 그다음 글자까지 찾아내시면
왕가네가 하는 식당으로 데리고 가지."

세 사람은 숙소로 돌아왔다.

유비는 페이스북에 오늘 찾은 한 글자를 올렸고 강 회장이 혹
시 다른 한 글자의 실마리를 알려주지 않을까 해서 댓글을 기다
렸다. 아니나 다를까 강 회장의 댓글이 바로 올라왔다.

순조로운 출발을 축하하네.

짧은 답변에 유비는 실망이 이만저만 아니었다.

관우는 세수를 대충 하고 노트북 대신 제갈공이 건네준 논어
를 펼쳤다. 한 장 한 장을 넘겨보며 인(仁)자가 나온 구절을 세

어보니 190여 문장이나 되었다.

자신의 욕심을 버리고 상대에 대한 예우를 갖춘다.

(극기복례위인 克己復禮爲仁)

스스로 바로 서고 싶으면 상대가 바로 설 수 있도록 돕고 자신이 목적하는 바와 자신이 도모하는 일이 성공하기 위해서는 상대가 하는 일도 순조롭게 도와야 한다.

(기욕립이립인 이욕달이달인 己欲立而立人 己欲達而達人)

내가 하기 싫은 일은 남에게도 시키지 마라.

(기소불욕 물시어인 己所不欲 勿施於人)

그만큼 공자는 '인'을 강조했던 것이다. 그러다가 무엇보다 인을 가장 명료하게 설명하는 글귀가 관우의 눈을 파고들었다.

인이란 사람에 대한 사랑이다.

(인자, 애인 仁者, 愛人)

"맞다 이거다."

관우는 침대에서 튕기듯 벌떡 일어나며 소리를 질렀다.

"사랑 애! 내가 하고 싶지 않은 일은 남도 하고 싶지 않은 법이다. 내가 하고 싶지 않은 일을 남에게 시키지 않는다면 나를 싫어하는 사람을 만들지 않게 된다. 반대로 내가 하고 싶은 일은 남들도 원하는 일이다. 그러므로 남을 위하는 행위도 나 자신에게 솔직하고 충실하고 긍정적인 데서부터 시작된다. 이렇게 인간관계를 시작하고 서서히 넓혀가는 것이 바로 '愛人'이라는 고리로 인간관계를 만드는 것이다."

찾아낸 삼자경의 1절 3자는 바로 인(人), 인(仁), 애(愛)였다. 삼자경은 선승(禪僧)이 깨달음으로 가는 방편인 화두와도 같았다. 오직 화두에 매달리다 보니 저절로 망상과 잡념이 사라졌다. 삼자경의 수수께끼를 밝히는 재미에 푹 빠지게 되어 석 달 후에 있을 요리대회까지 잊어버릴 정도였다. 그날 이후로 세 사람과 삼자경의 본격적인 인연이 시작되었다.

승보재 한편에 걸린 가로로 긴 한 폭의 동양화가 골동품점의 분위기를 압도했다. 호기심이 많은 유비가 제갈공에게 물었다.

"저 그림을 어디서 본 듯도 한데… 유명한 그림인가요?"

"아 팔선도(八仙圖) 말인가? 물론 유명한 그림이지. 이 그림은 서로 다른 시대를 살았지만 자연의 신비를 연구하여 불로장생했다는 도교의 전설적인 여덟 신선에 대한 그림이야. 중국에는 신선이 등장하는 전설이 부지기수지만 그중에서도 '팔선'은 독보적인 위치를 차지하네. 여덟 신선은 각각 가난(貧)과 부귀(富), 귀족(貴)과 평민(賤), 청년(幼)과 성년(長), 남성성(男)과 여성

(女) 등 인간의 다양한 성향을 상징하며 그에 맞는 고유한 특기를 지니고 있다네. 그리고 그 여덟 명의 신선이 각자의 능력을 최대한으로 발휘하여 난관과 위기를 극복하고 바다를 건넜다는 전설은 "팔선과해 각현기능(八仙過海 各顯其能)"이라는 속담으로 지금까지 중국에 전해지고 있어."

장비는 고개를 끄덕이더니

"그럼 유비 관우 그리고 저까지 우리는 삼선이네요. 짜장면을 만들기 위해 왔으니, 삼선짜장 각현기능"

장비의 말에 골동품점은 웃음바다가 되었다.

삼선짜장 이야기에 아침을 거른 세 청년은 배가 고팠다. 이를 눈치챈 제갈공은 이들을 왕사부의 식당으로 데려갔다. 중화요리의 살아 있는 전설로 알려진 왕사부는 멀리서 찾아온 손님들을 반갑게 맞이했다. 세 사람은 화려한 〈왕가대반점〉의 요리를 직접 맛보며 왕사부로부터 중국요리에 대한 여러 가지 이야기를 들을 수 있었다.

"삼자경의 1절을 찾으셨다고요. 삼자경의 1절 인인애(人仁愛)는 요리사로서 임하는 마음가짐과 태도를 가르칩니다. 요리의 근원은 사람을 위함이며 궁극의 요리는 사랑에서 완성됨을 의미하지요."

요리의 기본은
적절한 재료의 선택과 반죽의 조합

"그럼 왕사부님는 삼자경의 열다섯 자를 모두 아십니까?"

성격이 불같은 장비는 왕사부에게 따지듯이 물었다.

왕사부는 돌연 근엄한 표정으로 변하며 대답했다.

"삼자경은 스스로 찾아내는 것입니다. 다른 사람이 찾아낸 삼자경을 몰래 알려다 들키면 집안 어른들께 크게 꾸지람을 듣고 심한 경우에는 집에서 쫓겨납니다. 그만큼 엄격하게 가르치셨지요."

"그렇게 엄격히 가르칠 필요까지 있었을까요?"

관우가 물었다.

"삼자경 1절을 찾아내면 그에 대한 보상으로 어른들께서는 요리비법 하나씩을 전수해 주셨습니다. 글자를 알아내기 위해 찾아다녀야 했던 사람들과 그들에게 들은 이야기, 그리고 글자를 찾아내려고 애쓰며 고심하던 시간들. 이 모든 것들이 바탕이 되어야 진정한 맛을 내는 요리를 할 수 있다는 겁니다. 보통 요리사들의 손재주는 끼니를 만드는 조리법에 불과하지요. 그러나 저희 집안의 요리법이 대대로 황실로부터 인정을 받고 요리의 천국이라 불리는 중국에서도 최고로 꼽혔던 비결이 바로 이 삼자경에 있었던 겁니다."

"이러한 교육방식을 바로 훈육(燻育)이라고 하네."

제갈공이 거들었다.

"그럼 삼자경은 집안의 요리비법을 전수받기 위한 일종의 자격시험과 같은 것이었군요. 그 시험에 합격하면 자격증을 받는 거고요."

"그렇습니다. 저희 집안 사람들은 삼자경을 찾으면서 훈육을 받고 그 과정에서 비법을 전수받게 됩니다. 중국 황실에서 만들어지는 중국 각 지역의 산해진미와 음료, 술, 차가 어우러진 조리법들입니다. 이는 어느 누가 구전하는 것도 아니고 어느 누가 책으로 정리하여 대대로 물려주는 것도 아닙니다. 어르신들이 하나하나 가르쳐주시는 조리법을 상세하게 기록하는 스스로 생각하여 터득한 새로운 조리법, 시기에 따라 재료를 옳게 선정하고 배합하는 법 등이 가미되는 것이지요.

삼자경을 찾는 과정에서 요리비법을 차례대로 전수받는 동시에 발품과 새로운 아이디어가 더해져 자신만의 요리비법을 만들어내고, 삼자경을 완성하는 순간에는 이전에도 없고 이후에도 없을 유일한 자신만의 '음식보감(飲食寶鑑)'을 완성하는 겁니다. 그 과정을 거치고서야 당당하게 황실로 입성하여 손수 황제의 식사를 요리하는 황실요리사가 되는 것이지요. 저희 집안의 교육방법 덕분에 최고의 요리법이 지금까지 전수될 수 있었을 뿐 아니라 중화제일미식(中華第一美食)으로 꼽히며 선대 때보다 더욱 훌륭하다는 평가를 받을 수 있었습니다."

"그럼 왕사부님이 쓰신 음식보감도 있겠네요."

"물론이죠."

"그건 보여주실 수 있나요?"

유비는 그 책만 있으면 궁극의 짜장면을 만들 수 있겠다는 기대에 호기심보다는 절실한 마음이 앞섰다.

"보여드리는 것은 문제가 되지 않지만 삼자경을 찾지 못한 사람은 아마 내용을 보아도 그 의미를 해석할 수 없을 겁니다."

"그럼 왕가에서 내려오는 조리법 몇 가지만이라도 어찌 안 될까요?"

두 달 후 있을 요리경연대회로 급해진 유비는 왕사부에게 애걸하듯이 물었다. 관우도 유비는 요리의 천재라 조금만 비결을 가르쳐주시면 금방 배울 것이라고 옆에서 거들었다.

"그럼 어디 한번 그 재능을 보여보시지요."

왕사부는 주방의 직원에게 밀가루 한 포대와 양파, 대파, 마늘, 감자, 호박 등이 풍성하게 담긴 야채 꾸러미, 갖은 양념과 조리기구를 준비하게 했다.

그동안 구석에서 조용히 앉아 있던 장비는 백색의 밀가루를 보자 수타로 다져진 근육들이 아우성을 치는 듯했다. 유비 또한 '천재란 이런 것이다'하고 실력으로 보여주리라 다짐하며 하얀 앞치마를 둘렀다. 유비와 장비는 야심찬 표정으로 짜장면을 만들기 시작했고 왕가네 식당 주방장들이 이를 심사하기 위해 하던 일을 멈추고 모여들었다.

장비는 밀가루에 물을 붓고 알맞게 뭉쳐진 반죽을 들어 불끈 솟아오르는 힘을 자랑하며 밀가루를 치댔다. 그런데 이게 웬일인가. 손만 닿으면 마법처럼 쫀득쫀득 탄력 있게 뽑아져야 할 밀가루 반죽이 손가락 두께만큼이나 두껍게 나와 힘없이 늘어지더니 급기야는 흐늘거리며 끊어지는 것이 아닌가.

짜장소스를 맡은 유비도 당황하기는 마찬가지였다. 신동으로 인정받던 귀신 같은 칼질로 순식간에 감자 껍질을 벗기고 양파와 애호박을 썰어내 기름에 달궈진 프라이팬에 볶기 시작했다. 뜨거운 기름에 익기 시작한 야채들이 투명한 색을 띠자 따로 준비해 두었던 춘장을 부었다. 그런데 이게 웬일인가 정육면체로 썰었던 감자는 되직하게 익어 포슬포슬한 가루로 변해버렸고 양파와 호박은 수분이 빠져나가 흐물흐물해졌다. 야채의 식감이 살아야 면과 어우러지는 춘장소스가 되는데 유비가 만든 것은 야채를 푹 고아 만든 되직한 춘장스프 꼴이었다.

이 광경을 보고 누구보다 놀란 사람은 관우였다. 두 사람의 요리 실력을 잘 알고 있는 터라 대표 요리 격인 짜장면을 만들면서 허둥대는 모습에 관우는 어안이 벙벙했다. 왕사부의 직원들이 한국에서 온 요리 천재들이 무슨 짜장면 하나를 못 만들어 하며 히죽히죽 비웃기 시작했다.

왕사부는 요리를 그만 멈추게 하고 직원들을 밖으로 보내어 자리를 정리했다.

"자신의 주방에서 요리하지 못하는 요리사는 없습니다. 요리사의 진면목과 실력은 자신이 익숙한 주방을 떠날 때 비로소 발휘되는 것이지요. 자 오늘 짜장면을 실패한 원인이 무엇일까요?"

왕사부의 물음에 세 사람은 묵묵부답이었다.

풀이 죽은 유비와 장비의 어깨를 다독이며 왕사부가 말을 이었다.

"자, 이 문제의 해답을 줄 사람은 따로 있습니다. 이번 주 토요일에 경산공원 안에 있는 '래금우헌(來今雨軒)'이란 요리점을 찾아가십시오. 그곳은 주말마다 유명한 정치가와 문화계 인사들이 모여 바둑도 두고 담소도 나누는 식당입니다. 유명인사들이 모두 스승으로 모시는 바둑의 대가가 계시니 그분을 찾아가십시오. 그분이라면 오늘 짜장면을 망친 이유를 알려주실 겁니다. 그 해답이 바로 삼자경의 2절을 푸는 열쇠이지요."

주말이 되기를 기다리던 세 사람은 토요일 아침이 밝아오자 왕사부가 가르쳐준 래금우헌으로 찾아갔다. 언뜻 보기에는 식당이라기보다는 공원 안에 있는 우아한 정자 같았다. 스무 명 정도의 사람들이 웅성거리며 둥그렇게 모여 있는 것이 멀리서 보였다.

관우는 래금위헌의 명성을 들어본 적이 있었다. 이 식당은 예로부터 중국의 정치가, 예술가 등 유명인사들이 한자리에 모여 담소를 나누고 바둑을 두며 친목을 다지는 특별한 사교계의 중심으로 이날은 특별한 손님이 방문한다는 인터넷뉴스 기사도 접했다. 그 주인공은 바로 바둑의 성인, 살아 있는 기성(棋聖)이라 불리는 우칭위엔(吳淸源)이었다.

우칭위엔은 중국 푸젠성에서 태어나 어린 시절 일본으로 건너갔으며 바둑의 신동으로 불리며 대전 때마다 세계 최강의 기사를 차례로 꺾으며 승승장구하다가 은퇴한 뒤에는 제자를 양성하는 데 몸 바친, 현대바둑을 개척하는 데 지대한 공로를 세운 살아 있는 기성(棋聖)이었다. 그는 90 평생 동안 바둑에 관련된 이론을 저술하는 한편 한국 기원 소속으로 활동하고 있는 루이나이웨이 9단 등 현재 활약하고 있는 대표적인 중국, 일본의 기사들을 키워냈다. 타고난 승부근성이 바탕이 된 그의 대국은 지금까지 프로 기사들 사이에서 전설로 회자되고 있을 정도이다.

전설적인 기성이 오랜만에 대국을 벌인다는 소식에 유명한 바둑 기사들은 물론 전국 바둑 애호가들이 모여들었으며 취재하러 온 기자들까지 더해져 래금위헌은 문전성시를 이루었다.

90의 나이에도 정정하게 앉아 바둑에 임하는 기성을 보며 기자들은 조용히 놀라움을 표했다.

"올해로 아흔이 다 되시는데 한 치도 흐트러지지 않는 저 눈빛을 보십시오."

"그래서 다들 살아 있는 기성이라고 부르죠."

"우선생은 이 식당과도 특별한 인연이 있답니다."

"래금위헌과의 인연요?"

"예, 1920년대의 일이죠…"

관우의 옆에 있던 기자가 이야기를 이어갔다.

비가 부슬부슬 내리는 중산공원(中山公園)의 한편, 래금위헌(來今雨軒)이라는 간판을 건 식당에는 중국의 유명인사들이 하나둘씩 모여들었다. '今雨'라는 두 글자가 '오랜 벗'을 의미하는 이 식당은 중국의 유명한 정치가나 문화계 인사들이 공원에 내리는 빗소리를 음악 삼아 비바람에 날리는 버드나무를 감상하는 가운데 바둑을 두면서 서로 간의 우의를 다지던 특별한 식당이었다. 그런데 그날만큼은 모든 이의 관심이 한 소년에게로 집중되었다.

그 당시 베이징 시정부 국무총리이자 친일파 정치인이었던 두안치루이(段祺瑞)는 바둑을 특히 좋아하여 주말마다 자신의 저택에 바둑 기사들을 초청하여 친목 바둑회를 열었다. 그 당시 중국의 바둑 고수들은 한 명도 빠짐없이 그의 초대를 받았는데, 두안 총리와의 대국에서 그를 승자로 만들어 체면을 세워주는 대가로 거액을 챙길 수 있었기 때문에 가난한 기수들은 모두 그와 바둑 한 판을 두기 위해 줄을 서곤 했다.

하루는 어린 우칭위엔에게도 두안 총리와 대국할 기회가 찾아왔다. 두안 총리는 상대가 어린 사내이자 별다른 생각 않고 무시한 나머지 처음부터 빠른 속도로 바둑돌을 놓아갔다. 우칭위엔도 초반에는 총리의 실력을 파악하지 못했지만 서두르는 상대를 차분히 관찰하며 신중하게 한 수 한 수 응수하여 결국에는 총리와의 한 판을 승리로 장식했다.

한 시간도 채 되지 않아 옷차림이 남루하고 깡마른 소년에게 총리가 패전하는 판국이 되자 주위는 술렁대기 시작했다. 물론 이제까지 두안 총리가 실력으로 프로급 기사들을 이겼던 것은 아니었다. 바둑에서 지게 되면 불같이 성을 내고 상대를 오랫동안 원망하며 못살게 굴었기 때문에 기사들이 일부러 져주면서 총리의 체면을 살려주기에 급급했던 것이다.

한낱 열한 살 어린 소년이 보기 좋게 총리를 이겨버림으로써 살얼음판 위를 걷는 듯 조심스럽게 이어오던 바둑회는 종국에 달했고 주위에서 이를 관전하던 기사들은 당황하는 기색이 역력했다. 두안 총리는 참패를 당하자 노여워 어찌할 줄을 모르며 방으로 들어가 버렸다. 상황이 어떻게 돌아가는지 끝까지 파악하지 못했던 사람은 오직 우칭위엔뿐이었으며, 그는 당당하게 두안 총리에게 약속했던 학비를 대줄 것을 요구하였다. 노여워하던 총리도 결국은 집으로 돌아가는 빈털터리 소년에게 당시에는 큰돈인 100위안을 주머니에 넣어주었다. 그날 이후로 두안 총리는 우칭위엔의 학비를 전액 부담해 주고 그의 생활을 물심양면으로 지원해 주었다.

악명 높은 총리를 바둑돌로 제압한 바둑 신동 우칭위엔은 그 이후 바둑회에 빠져서는 안 될 유명인사가 되었다. 대국마다 거물급들을 보기 좋게 이겨내는 소년은 단숨에 유명해졌으며 각종 언론을 통하여 "바둑 천재 소년"이라는 표제를 단 기사와 사진이 전국적으로 보도되기 시작했다. 상대방의 권력과 부가 아무리 하늘을 찔러도 전혀 개의치 않고 오직 하나, 실력으로 승부하며 한판 바둑에 모든 정신을 집중하는 그의 재능을 아끼는 이들도 하나둘씩 늘어갔다.

우칭위엔은 상대가 자신보다 단수가 위일지라도 바둑판 앞에만 앉으면 조금도 두렵지 않았다. 그는 대국에 임하면 늘 침묵하고 무표정했으며 한 수 한 수를 둘 때마다 신중했다. 연승가도에서도 가끔은 패할 때가 있었으나 그럴 때면 그는 아무 말 없이 자기 방으로 돌아가 깊은 생각에 빠져들었다. 패배의 원인을 꼼꼼히 분석하고 정리하기 위해서였다.

바둑에 동일한 판국이란 있을 수 없다. 그렇기에 매번 최선을 다해 한 수를 두어야 한다. 우칭위엔은 한 수도 빠짐없이 최선을 다했고, 그 결과 이전에 두어진 적이 없는 전혀 새로운 형태의 포석인 '신포석(新布石)'을 개발하였다.

그날 우칭위엔의 대국은 기념식과 비슷한 행사로 약 10분 만에 끝났고 그 뒤를 이어 바둑 애호가들의 대전이 이곳저곳에서 벌어졌다.

세 사람은 기자들을 피해 우칭위엔이 쉬고 있는 방으로 찾아 들어갔다.

"우칭위엔 선생님 맞으시죠? 실례가 되지 않으신다면 몇 말씀 여쭤봐도 되겠습니까?"

우칭위엔은 마른 기침을 하며 쉬고 있었지만, 세 사람의 정중한 태도에 거절할 수가 없었다.

"선생님 혹시 삼자경을 아십니까?"

삼자경 이야기에 우칭위엔은 반색을 했다.

"알다마다 중국에서 아이들에게 글자를 처음 가르칠 때 썼던 한자교습서 말이지. 내가 어렸을 때도 사서삼경을 배우기 전에 처음으로 삼자경으로 글자를 쓰고 배웠지. 그 당시 내가 살던 동네에서도 사서삼경을 가르칠 수 있는 집안은 드물었어."

"그러면 선생께서는 왕가에서 전해 내려오는 삼자경에 대해서도 아십니까? 황실요리를 전문으로 하던 왕가 말씀입니다."

"알다마다. 왕가의 아이들이 삼자경을 찾으러 우리 집에 가끔 찾아오곤 했는데. 그 당시 아버지가 일본유학을 다녀오셔서 동네아이들에게 글공부를 가르치려고 작은 서당 같은 것을 열었거든. 그런데 워낙 시대가 뒤숭숭해서 사서삼경까지 가르칠 만큼 여유 있는 집안은 드물었어. 그나마 왕가에서는 후손들의 교육을 무엇보다 중시해서 아이들의 글공부만큼은 철저하게 시켰어. 그 집안 사람들의 요리솜씨는 정말 일품이야. 일본에 가서도 그 맛을 잊을 수가 없었어. 그렇지 않아도 저녁도 먹고 적적하던 참인데 바둑이나 한판 두고 가시오."

우칭위엔은 옆에서 그의 수발을 들고 있던 제자 한 명에게 바둑판과 돌을 가져오도록 시켰다.

세 사람 가운데 바둑에 일가견이 있는 관우가 바둑판 앞에 앉았다. 바둑은 손으로 나누는 대화, 즉 수담(手談)이라고 한다. 평소에 말수가 별로 없는 우칭위엔이라는 것을 알고 있기에 관우는 오랜 시간 동안 대화를 나눌 수 있는 유일한 방법은 대국이라 생각했다.

기성과 마주 앉은 관우는 돌 하나하나를 두는 손끝이 바들바들 떨려왔다. 그런 관우를 보고 우칭위엔은 나지막한 목소리로 이야기했다.

"다른 사람이 나를 두고 바둑신동이니 기성이니 하고 떠들어대는데 나는 결코 천재가 아니야. 그저 다른 사람보다 묵묵히 공을 들일 뿐이지. 관우군 그렇게 긴장할 필요 없다네. 바둑을 두는 사람의 가장 기본적인 자세는 평상심(平常心)이야."

우칭위엔은 지그시 눈웃음을 지으며 제자에게 가르치듯 바둑에 대한 이야기를 천천히 풀어나갔다.

"바둑에서 승부란 긴장할 것도 어려운 것도 아니야. 그저 바둑판 맞은편에 앉아 있는 자가 나와 똑같은 한 사람이라고 여기는 평상심에서 시작하는 거라네. 상대방과 이야기를 나누듯 바둑돌을 한 수 한 수 둔다고 생각해 보게. 그러면 긴장이 온데간 데없이 사라질 것이네."

두사람의 대국을 넋 놓고 보고 있던 유비는 잠시 잊었던 삼자경이 떠올랐다.

'그렇다. 1절 3자 '인인애(人仁愛)'가 사람을 존중하고 아끼는 요리사의 마음가짐과 태도를 뜻한다면 그다음 2절의 3자는 무엇에 관한 것일까? 과연 요리와 바둑은 무슨 관계가 있을까?'

유비의 마음을 바둑판 읽듯 읽어낸 우칭위엔은 기나긴 침묵을 깨고 나지막한 목소리로 이야기를 꺼냈다.

"바둑판이 왜 가로세로 열아홉 줄씩인 줄 아나?"

아무도 대답하는 이가 없었고 딱, 딱, 바둑돌 놓는 소리만 들렸다.

"바둑은 중국의 요순시대에 천문학을 연구하는 데 이용되는 도구에서 유래되었지. 바둑판은 가로세로 열아홉 줄씩이니 19 곱하기 19는 361개. 361개의 방형은 일 년의 날 수를 의미한다네. 바둑판이라는 우주의 질서 가운데, 그 중심은 우주의 중심인 태극을 의미하며 흑백의 돌은 각각 음(陰)과 양(陽)의 분할을 뜻하지. 하늘이 양과 음으로 나뉘는 것을 시초로 만물이 탄생하여 비로소 세상이 이루어졌다는 우주 창조설에 바탕을 두고 만들어진 유희가 바둑이야. 따라서 바둑은 하늘의 이치와 우주의 질서를 따라가는 인간의 삶과 마찬가지지."

"그렇지만 바둑이란 그저 하늘의 이치를 따르는 것이 아닌 엄연히 승자와 패자가 나뉘는 대결이 아닙니까?"

바둑이라면 그저 동네 복덕방 할아버지들이 할 일 없을 때 모여 짜장면 내기를 하는 게임이라고 여기는 장비가 끼어들었다.

장비를 슬쩍 바라보더니 우칭위엔은 다시 바둑판으로 눈을 돌리며 말을 이었다.

"바둑이 승부수라면 이는 상대를 이기기 위해 애쓸 것이 아니라 자신과의 승부를 위해 고심해야 하네. 가로세로 각각 열아홉 줄이 서로 교차하는 지점에 흑색과 백색의 돌을 번갈아 두는 것이 아니라 361이라는 가능성을 두고 올바른 선택을 하고 판에 놓은 돌들을 조합해 가면서 자신의 한계를 부수고 다시 쌓아가는 치열한 싸움 말일세. 물론 흑백 간의 승부를 결정짓는 일이 바둑의 결과이고 흑백이 서로 많은 집을 지으려다 보면 경계선을 둘러싼 전쟁이 일어나기 마련이지. 이 과정은 흔히 경쟁이 치열한 인생의 과정과도 같아."

"그런데 진정한 프로들은 단수가 오를수록 승부보다는 상대방을 제압하는 묘수로 대국을 결정짓는 불계승을 더 선호한다던데요."

관우는 불쑥 끼어든 장비에게 눈을 한번 흘긴 후 대가의 한 수 한 수에 응하며 이야기의 맥을 다시 잡아갔다.

"아 자네는 신포석을 알고 있군."

우칭위엔은 관우에게 미소를 지으며 다시 이야기를 이어갔다.

"물론 바둑은 한 판의 치열한 전쟁이라고 할 수 있지만 그 속에는 승부를 넘어선 하나의 정신이 관철하지. 상대와 정중하게 인사를 마친 후 서로의 단수를 밝혀 바둑판에 돌을 몇 개 놓은 후 둘 것인지, 즉 치수를 정하면 본격적으로 대국이 시작되네. 바둑을 둘 때 가장 명심해야 할 한 글자가 무엇인지 아나?"

여태껏 바둑 이야기에 빠져 있던 유비는 머리에 번개가 번쩍 비치는 것 같았다. 드디어 삼자경 2절의 비밀이 열리는 순간이었다.

"그 한 글자는 바로 '신(愼)' 자라네. 결정하고 행동하기 이전에 문제에 관련된 모든 상황을 마음속으로 신중하게 고려한다는 의미이지."

유비는 마음 속에 펼쳐진 삼자경에 2절 첫 글자로 '신(愼)' 자를 새겼다.

"바둑에서 한번 착수한 돌은 옮기거나 물릴 수 없는 것처럼 일의 결과는 거짓이 없으며, 한번 결정하고 수행한 행위는 다시 돌이킬 수 없는 법. 그러므로 큰일을 시작하려는 사람은 먼저 마음을 가다듬고 신중하게 고려하는 시간이 반드시 필요한 법이라네. 천리 길도 한 걸음부터라는 말이 있어. 아무리 급하다고 해서 바둑돌을 두세 개씩 올려놓을 수도 없는 법이지. 신중하게 생각하고 판단한 후, 바둑돌을 한 수 한 수 놓되 관전하는 사람들이 아무리 떠들어도 바둑돌을 딸그락거리거나 한숨을 쉬거나 잡담을 해서는 안 된다네. 신중히 생각하고 대전에 임하는 기수는 자세에 일말의 흐트러짐이 없게 되지. 왜냐하면 자기의 수를 읽을 수 있는 사람은 오직 자신 혼자라는 것을 알기 때문이야."

"신중하게 생각한 다음에는 어떻게 두어야 합니까?"

장비도 바둑의 대가가 삼자경의 이야기를 우회적으로 풀어 간다는 것을 눈치챘는지 자못 심각한 표정이 되어 물었다.

"저 친구 참으로 성격 급할세, 허허. 신중하게 생각한 후에는… 착수를 해야겠지. 현명한 기수는 승과 패를 넘어서 전체적인 형국이 평행이 되도록 몰아가는 수를 두는데, 이 경지가 바로 육합지기(六合之技)라는 묘수일세. 이기려는 욕망으로 둔 돌은 나 자신까지 불안하고 초조하게 몰아갔지만 바둑판 위에 가장 균형 있는 집을 지어나가기 위해 최선의 한 수를 둔 돌은 평상심을 유지시켜 주며 결국은 나를 승리로 이끌어왔다네."

"육합지기의 묘수요?"

바둑에 대하여 식견이 있는 관우도 '육합지기'의 묘수는 처음 들어보는 말이었다.

"육합지기라는 묘수에서 강조하는 것은 '명(明)'과 '지(智)'라는 두 글자야. '명(明)'이란 사태를 확실히 파악하는 인지력이며, '지(智)'란 사태에 대한 현명한 계책을 세우는 능력이라네. 나는 바둑을 둘 때 승패를 생각하지 않는다네. 가슴에 신명지(愼明智) 세 글자를 새기고 있으면 이기고 지는 것은 둘째 문제지. 신중하게 생각하고 사태를 인지하며 적절한 계책을 세우며 한 수 한 수 두는 것. 바둑판 위에서 자기가 짓는 집의 전체적인 균형의 틀을 만들고 시간의 흐름과 함께 조화를 이루어가는 것. 이것이 바로 육합지기의 묘수라네."

유비가 오랜 시간의 대국으로 피곤해 보이는 우청위엔의 어깨를 주무르며 가르침을 구했다.

"그렇다면 삼자경의 2절은 신(愼), 명(明), 지(智) 세 글자이겠군요."

"맞네. 신중하게 생각하고 공부한 다음에야 사리에 밝아지고, 전체적인 형국을 바로 파악한 다음에야 현명하게 행동할 수 있는 지혜가 생긴다고 말씀하셨네. 요리의 명가인 왕가네 집안 어른들도 후손들에게 이 세 글자를 강조했어. 최고의 요리사는 재료 자체의 맛을 극도로 끌어올릴 수 있는 기술이 필요하네. 그 기술은 하루아침에 완성되는 것이 아니라 식재료와 조리기술을 끊임없이 연구하는 신중한 자세를 필요로 했지. 육해공의 재료와 수만 가지의 야채와 향료들에 대해서도 명확히 숙지하고 천연의 맛을 절정으로 융합시킬 조합의 묘미를 간파해 내야 하네. 이는 바로 바둑에서 중시하는 신(愼), 명(明), 지(智)와 일맥상통하는 것일세."

네 사람의 수담은 바둑판을 가운데 두고 밤을 새워 계속되었다. 밤을 꼬박 새우고 숙소로 돌아온 후 제대로 먹지도 못하고 한숨도 자지 못한 장비가 들어오자마자 불만을 토해냈다.

"아우~ 일생일대의 요리대회가 코앞인데 노인네 참 답답한 소리 하시네. 신(愼) 명(明) 지(智) 하고 요리를 하라니 무슨 찜찔방에서 계란 까먹는 소린지…"

돌아오자마자 노트북을 켠 관우는 무언가 자료를 조사하더니 무릎을 쳤다.

"바로 이거구나. 그날 왕사부의 주방에서 우리가 실패했던 원인이 바로 삼자경 2절에 관계된 것이었어."

관우의 이야기에 유비와 장비도 노트북 앞으로 다가갔다.

"중국에서는 대량의 밀이 생산되지만 그 생산지가 고원지대에 밀집되어 있고 물이 워낙 귀해서 토지가 그다지 비옥한 편이 아니야. 땅에서 경작되는 밀이 토질의 영향을 받는 것은 당연하고. 수질이 좋아 비옥한 옥토에서 자라난 우리 밀과 비교한다면 중국산 밀은 당연히 수분과 탄력이 부족하기 마련이지. 그런데 장비 너! 밀가루를 보자마자 물을 붓고 있는 힘을 다해 치댔지?"

"그럼 반죽할 때 물 붓고 힘차게 치대야지 다른 방법이 어디 있어?"

장비는 억울하다는 듯이 관우에게 따졌다.

"평소보다 물의 양을 조금 줄였어야 했어. 대신 밀가루를 찰지게 하는 성분인 글루텐을 조금 더 단단하게 형성하기 위해 소금을 더 넣었어야지. 그날 손으로 밀가루를 만져보니 약간 버스럭거리는 느낌이 있더라고. 그런 밀로 한국에서처럼 얇은 면을 뽑아내려면 어떤 방법을 쓰더라도 무리인 거야. 얇고 탄력 좋은 면 대신에 일본 우동 면처럼 두꺼우면서도 쫄깃한 식감을 유지할 수 있도록, 면을 늘리고 뽑는 과정보다는 물을 붓고 손바닥의 온기를 이용한 기본 반죽에 좀 더 시간을 할애해서 정성껏 많이 주물러야 했던 거야."

관우의 냉철하고 과학적인 설명을 들으며 장비도 그날의 밀가루 반죽을 떠올리고 고개를 끄덕였다.

침대에 걸터앉아 두 사람의 이야기를 들으며 그날의 일들을 하나하나 떠올리던 유비도 눈이 번쩍 뜨였다.

"맞아. 바로 그거! 춘장 만들려다 죽 쏜 이유는 바로 왕사부의 프라이팬 때문이었어. 하도 오랜만에 요리를 해서 그동안 감을 잃은 것도 있었지만 주변에 구경하는 사람 때문에 긴장해서 내가 가장 중요한 것을 체크하지 못했구나."

관우와 장비는 프라이팬을 외치는 유비를 쳐다보았다.

"그날 주방에 준비된 프라이팬은 둔탁한 강철 주물로 맞춤 제작된 것이었거든. 그 철판에다가 다지듯 썰어낸 야채를 볶고 그 위에다 춘장을 뿌려댔으니……."

장비는 혼잣말로 중얼거리는 유비가 답답하다는 듯한 표정을 지으며 관우를 바라봤다. 유비를 이해하지 못하는 장비에게 관우는 하나하나 자세히 설명해 주었다.

"형님이 도화원 주방에서 쓰던 프라이팬은 형님의 아버님이 특별히 맞춘 고급 스테인리스 프라이팬이야. 강불에 올리면 순식간에 고온으로 달구어져서 얇게 썬 야채를 짧은 시간에 익혀 내는 데 안성맞춤이야. 그런데 왕사부 주방의 프라이팬은 둔탁하고 두꺼운 거대한 강철 주물 프라이팬이었지. 열전도율이 스테인리스보다 낮아 오랜 시간을 두고 달구어지고 한번 달궈진 판은 고온을 오래 유지하는 장점이 있거든. 프라이팬에 기름을 두르고 바로 야채를 넣었던 것이 형님의 실수였어. 미지근한 식용유에 야채를 쪄낸 격이지. 거대한 프라이팬이 충분히 달궈질 때까지 끈기를 가지고 기다리다가 기름이 이글거리기 시작하면 고온에서 재빠르게 야채를 넣어 볶아냈어야 했는데."

"그래, 관우 말이 맞아. 거기에 덧붙인다면 한국에서보다 불의 세기를 조금 더 올리고 야채, 특히 물러지기 쉬운 감자는 깍두기의 무를 썰듯 조금 더 굵게 썰어야 했어. 감자가 약간 설익어 사각거리는 식감이 있을지 모르지만 고온의 기름에서 바싹 튀겨진 감자의 표면에는 감칠맛이 생겨날 거야. 오히려 감자를 씹을 때 느껴지는 사각거리는 식감과 기름에 튀겨진 겉표면의 고소함이 춘장의 풍미와 어우러진다면… 좀 더 복합적인 짜장 소스 맛을 만들어낼 수 있을 것 같다."

이튿날 세 사람은 다시 왕사부의 식당으로 찾아갔다. 왕사부 와 주방의 요리사들에게 다시 한번 짜장면을 만들 기회를 부탁 했고 밀가루와 식재료, 조리도구를 구했다. 그전과 다르게 세심 하게 재료를 만져보고 불 세기를 조절하는 세 청년의 모습을 왕 사부는 뒤에서 흐뭇한 미소를 지으며 바라보았다.

아니나 다를까 세심하게 불 조절을 하며 야채의 식감을 감안 해 하나하나 볶아낸 유비의 짜장소스가 장비의 묵직한 힘으로 반죽한 도톰하고도 쫄깃한 면발과 어우러지니 이전과는 비교 할 수 없는 훌륭한 짜장면이 탄생했다. 고기만 간단히 볶아내어 오이채를 곁들여 먹는 북경 전통식 짜장면에 익숙했던 종업원 들은 장비의 힘으로 재탄생한 수타 면발과 다양한 야채를 알맞 게 볶아 재료 천연의 달콤함과 춘장의 감칠맛을 적절히 조화시 킨 한국식 짜장면을 맛보자 곳곳에서 "띵호아"를 외치며 엄지 손가락을 치켜올렸다.

"세 사람의 재능이 참으로 대단하군요."

왕사부도 만족한 웃음을 보였다. 소식을 듣고 늦게 도착한 제갈공도 짜장면 한 그릇을 맛있게 뚝딱 비웠다. 제갈공은 두 번째 장을절 세 글자를 찾아낸 세 사람을 축하하며 골동품 가게에서 찾아온 듯한 삼자경 2절의 목각을 유비에게 건넸다.

삼자경 1절과 2절을 가죽끈으로 정성스레 묶고 있던 유비를 보고 왕사부는 말을 이었다.

"혹시 유비군, 만한전석(滿漢全席)에 도전해 보고 싶지 않나요?"

왕사부의 목소리는 나직하고도 강렬했다. 삼자경을 만지작거리고 있던 유비는 눈이 휘둥그레졌다. 만한전석! 유비가 태어나 아버지의 주방에서 요리를 알고 요리를 공부하며 성장하기까지 마음속에 간직한 도전의 최종 목표가 아닌가. 아버지가 만든 짜장면이나 단품 요리들은 맛도 모양도 훌륭했다. 그러나 유비 자신이 최고의 요리사로 동경하던 아버지도 장장 3박 4일 동안 이어지는 만한전석 연회를 이끌어가기에 역부족이라는 것을 알고 있었다. 이는 아버지 한 사람의 열정과 요리 실력만으로는 불가능한 일이었다.

최고의 요리사가 되기 위해서는 반드시 정복해야 할 경지, 만한전석. 그 진면목이 무엇인지, 어떻게 넘어야 하는지 어렴

풋하기만 했던 그 거대 산맥을 이곳에서 대면하다니. 아버지의 못다 한 꿈을 이루기 위해 시작한 도전인 만큼 아버지의 한계를 넘을 수 있다면 하늘나라에 계신 아버지도 흐뭇하게 웃어주실 것 같았다.

"네! 도전해 보고 싶습니다."

늘 부드러운 미소를 머금고 있던 유비의 입도 이 순간만큼은 야무지게 다물어졌다.

"자~ 드디어 왕가네 삼자경 절정인 제3절이 펼쳐지는 순간이군."

제갈공은 입가까지 내려온 하얀 눈썹을 쓰다듬으며 흥미롭다는 듯이 말했다.

기능을 연마하고
경영으로 이어가는 현장 전술

왕사부의 제의에 유비만큼 놀란 또 한 사람은 관우였다. 중국에서도 요리사들에게 만한전석은 요리의 최고 경지를 의미한다. 지금까지 전통을 이어온 황실의 요리사들은 몇 명 남지 않아서 정부로부터 극진한 문화재 대우를 받고 있을 정도이다. 물론 황실의 요리사 사이에서도 만한전석의 비법은 가업을 이을 자손이나 자기 몸처럼 아끼는 제자에게만 전수해 준다는 철칙이 작용하여 그 전통과 가치가 오늘날까지 이어질 수 있었다.

사정이 이러하니 중국 정통 황실의 만한전석을 완벽하게 재현해 낼 수 있는 요리사가 우리나라에는 아직 한 명도 없다는 것은 지극히 당연한 일이었다. 그나마 한국에서 만한전석을 맛볼 수 있는 기회가 있다면 대만이나 홍콩 출신의 셰프들이 한국을 방문할 때 고급 호텔에서 그들을 초빙하여 이벤트성으로 만한전석 만찬을 마련하고 VIP를 초청하는 경우였다. 관우는 운이 좋게도 아버지가 재중국 한국 대사관에 근무할 무렵, 중국 정부가 해외 외교관 가족을 초빙한 만찬에 따라간 적이 있었다. 그날 만찬은 청대 황실의 만한전석을 역사적 고증에 따라 완벽히 재현해 내었는데, 관우는 생전 처음 보는 요리의 가짓수와 규모, 맛에 충격을 받았다. 중화요리의 거대 산맥이라 불리는 만한전석. 그 광경은 실로 장대한 서사시와 같았다. 육해공 산해진미를 한 폭의 거대한 동양화처럼 연출해 내는 장대한 스케일과 황제의 까다로운 입맛을 만족시켰던 특제소스, 손님상 하나하나 정성스럽게 담아내는 장식까지. 관우뿐만 아니라 그날 초대된 손님들은 만한전석이 연출하는 화려하고도 정교함에 황홀감을 느끼며 넋을 잃고 있었다.

그런 만한전석의 보유자인 왕사부가 유비를 지목했다. 왕가의 자손도 자신의 수제자도 아닌 더군다나 한국인인 유비에게 만한전석을 전수해 주겠다니. 요리의 실력뿐만 아니라 사람됨과 성품을 엄격히 따져 후계자를 선정한다는 왕가의 일인자가 유비에게 자신의 비법을 전수해 주겠다니 과연 왕사부는 유비에게서 어떤 가능성을 본 것일까?

'유비는 친구이기 전에 촉망받는 젊은 요리사야. 그 전설의 만한전석을 유비가 재현해 낼 수만 있다면⋯ 이 순간은 한국에서는 유일무이 전무후무한 최고의 중화요리 조리장의 탄생을 알리는 서막이 되는 것이다.'

관우도 숨이 막혀왔다. 유비가 만한전석에 도전해야 하는 이유는 요리사로서의 개인의 성공 이외에도 또 한 가지의 중요한 이유가 있었다. 현재 한국에서 만한전석을 메뉴판에 올리고 고객에게 판매하는 식당은 만리장성이 유일하다. 그런데 만리장성의 만한전석은 한국인의 입맛에 맞는 중국요리의 단품에 샥스핀과 불도장을 더한 것일 뿐 황실 정통 조리법이라고는 할 수 없었다. 그럼에도 불구하고 만리장성은 만한전석 연회가 가능한 유일무이한 고급 중화요리점이라는 마케팅 전략으로 막대한 이윤을 취하고 있다. 만리장성은 고급 차이니스 레스토랑으로 브랜드 가치를 구축하기 위해 골목길 소규모 중국집들을 헐값에 사들이고 유명한 주방장들을 대거 스카우트하여 전국 체인망을 갖춘 대규모 중화요리점으로 키웠다. 동네 중국집을 마

구 집어삼키며 자신의 몸뚱어리를 키운 만리장성은 중화요리
계의 거대한 괴물이 되어가고 있었다. 만리장성은 일류 레시피
와 조리 시스템을 바탕으로 전국 체인에서 동일한 맛의 요리를
선보였는데 이를 자신들의 자부심이자 핵심 경쟁력이라 홍보
했다. 그러나 세계의 일류 레스토랑을 둘러보고 미식을 맛본 관
우의 관점으로는 만리장성의 거대 시스템이야말로 요리의 다
양성과 개성을 무시하고 맛을 일률적으로 찍어내는 공장 시스
템에 불과했다. 더군다나 자신들의 요리에 반기를 드는 요리사
들은 모두 실력 없는 요리사로 몰아 쫓아내는 만리장성의 행태
를 늘 못마땅하게 지켜보고 있었다.

　현재로서는 만리장성의 독식에 맞설 방법이 최고의 실력으
로 최고의 요리사를 뽑는다는 이번 요리경연밖에 없으며, 기댈
수 있는 카드는 유비밖에 없었다.

　'만한전석'이라는 말에 유비와 관우 두 사람이 심각한 표정이
된 반면 장비는 맛있는 요리들을 상상하며 홀로 황홀경에 빠져
이미 입에 침이 흘러나오고 있었다. 장비는 왕사부의 소매를 잡
고 어린애처럼 떼쓰기 시작했다.

　"스승님 스승님, 만한전석이 바로 삼자경 3절에 관련된 것이

지요? 그것을 찾기 위해서는 어디로 가야 합니까? <u>므흐흐흐</u>."

왕사부도 세 청년의 열정에 차오르는 눈빛을 보자 '하하하' 호탕하게 웃으며 삼자경 다음 절의 포문을 열었다.

"집안 어른들은 2절까지 잘 찾아낸 아이들만 따로 선발하여 담가(潭家)로 보내셨습니다."

"담가요?"

궁금해하는 세 청년에게 제갈공이 설명을 덧붙였다.

"청나라 시절 날아다니는 새도 떨어뜨린다는 최고의 재력과 권세를 대대로 누리던 담증인의 집이네. 황제도 그 힘을 두려워하는 당대 최고의 권세가였지."

"그런데 왕가와 담가 사이에 어떤 관계라도 있습니까?"

왕사부가 이야기를 거들었다.

"예, 담증인은 현명하고 사람 사귀기를 좋아하여 찾아오는 손님들로 저택이 문전성시를 이루었습니다. 문무에 재능이 있다고 자부하는 이들은 저마다 현실 문제의 현답을 마련하여 담증인과 교류하기 위해 그 집을 찾았습니다. 이런 식객(食客)들에게 담증인은 의식주를 제공해 주며 정치나 상업에 관련된 조언을 얻고 한가한 시간에는 현자들과 더불어 뱃놀이나 음주가무를 즐겼다지요. 그런데 유사시에는 손님들을 자신의 사병으로 활용하기도 했습니다. 자신에게 충성하는 거대 규모의 식객들을 이용하여 담가는 황실의 견제를 피해 세력을 넓히고 전술과 병력을 동시에 취하는 일거양득의 효과를 누린 셈이지요. 물론 식객 중에는 담가의 권세를 탐하는 자들과 감언이설로 아부하는 이들도 많았지만 담증인의 출중한 점이 바로 현자를 제대로 알아보고 그들의 충고에 귀를 기울였다는 점입니다. 그뿐만이 아닙니다. 외국 사신이나 고관들도 담가의 집에 초대받는 것을 청나라 황제의 만찬에 초대받은 것보다도 영광스러워하고 기뻐했습니다."

"황제의 초대보다 영광스럽다니요?"

장비가 놀라워하며 물었다.

"그 이유는 바로 담가에서만 맛볼 수 있는 요리에 있었지요. 담증인은 음식을 하늘처럼 받들고 천하의 산해진미를 즐기던 당대 최고의 식도락가였습니다. 해상 무역으로 성공한 담증인은 막대한 재력을 얻게 되었고 중국 전역뿐만 아니라 세계 각지에 있는 희귀한 식재료와 명주(名酒)들을 구했으며 유명한 요리사들을 최고의 조건으로 대우하며 자신의 개인 요리사로 불러들였습니다. 담증인의 부인도 남편의 까다로운 입맛을 만족시켜야만 사랑을 받을 수 있었기 때문에 자연스럽게 음식솜씨가 뛰어날 수밖에 없었습니다. 담씨 부인은 직접 주방을 관장하며 중국 최고의 요리사들에게 각 지역의 토속음식들을 요리하도록 했고, 좋은 맛과 뛰어난 조리법만을 따로 모아 새로운 요리를 만들었는데 그 맛이 궁중의 요리보다 정갈하고 섬세하여 예술의 경지라고까지 일컬어지고 있습니다."

"아 담가에서 만들어진 요리라 해서 담가채(潭家菜)라 그러는군요. 그럼 왕씨 집안 요리사들도 담가의 요리사로 뽑혀 들어간 겁니까?"

열심히 듣고 있던 관우가 끼어들었다.

"그야 당연하죠, 북경에서 가문 대대로 최고의 솜씨를 자랑하는 요리 명가였으니까요. 우리 왕가 집안사람들이 담가의 부엌에서도 최고 주방장의 자리를 맡아왔습니다."

"그런데 이제 막 삼자경을 공부하는 아이들은 견습생 수준으로 그 주방에 들어갈 만한 요리 실력을 가진 건 아니지 않습니까?"

궁금해하던 유비가 물었다.

"그렇죠. 그 아이들은 기본적인 칼질과 요리법만 알고 있는 예비 요리사였습니다. 그런데 삼자경의 2절까지 찾아낸 것으로 집안 어른들은 그 아이들이 훌륭한 요리사가 되기 위한 기본 소양을 갖추었다고 판단하신 겁니다. 다음 단계는 이들을 본격적인 실전에 투입시켜 현장에서 배우게 하는 것입니다. 담가로 보낸 아이들은 요리사들을 보조하며 조리법을 배우는가 하면 신선한 식재료와 최고의 요리에 어울리는 식기를 구하기 위해 시장을 돌아보기도 했지요."

"그렇다면 굳이 담가가 아닌 왕가의 주방에서도 충분히 할 수 있는 일이 아닙니까? 오히려 자신의 주방에서라면 남의 눈치 볼 것 없이 요리를 직접 전수시키며 자손들을 빨리 육성할 수도 있었을 텐데……."

장비의 말에 왕사부는 고개를 저으며 말을 이었다.

"집안 어른들이 굳이 아이들을 담가로 보낸 것은 요리뿐만이 아닌 그 집의 식객들 때문이었습니다. 그 집을 찾아오는 손님들이 청나라 최고의 문무관과 외국 사절이었다는 사실을 떠올려 보십시오. 대대로 요리사였던 저희 왕가 신분으로는 감히 입에 이름도 올리지 못할 고위급 관료들이셨습니다. 저희 선대들은 아이들을 이곳에 보내어 일부러 술 심부름과 차 심부름도 시키면서 자리에서 오고 가는 대화를 들으며 견문도 넓히고 각 분야의 전문가들을 자신의 손님으로 모시며 자연스럽게 인맥을 쌓아가도록 배려한 것입니다."

"허허, 그뿐만인가……."

가만히 듣고 있던 제갈공이 이야기에 끼어들었다.

"특히 담가에는 일 년에 한 번씩 최고의 명장들만 초대하여 요리를 대접하던 연례행사가 있었지. 보통 사람들보다 체구가 크고 식성이 좋은 장수들이었기 때문에 요리사들은 연회 석 달 전부터 만반의 준비를 했는데, 이때 주방장과 요리사보다 긴장한 이들은 바로 왕가네 아이들이었네. 왜냐하면 그날이 바로 삼자경의 3절을 풀 실마리를 얻을 수 있는 날이었기 때문이야."

"2절까지는 언제라도 찾아가면 답을 주는 스승이 있었지만 3절부터는 심부름을 직접 하면서 문밖으로 흘러나오는 이야기를 통해서 스스로 찾아내야 했습니다. 난이도가 한 단계 높아진 셈이지요. 그리고 그 기회도 일 년에 딱 한 번밖에 없었습니다. 때문에 그 기회를 놓친 아이들은 담가에서 심부름하는 기회조차 동생들에게 넘겨주어야 했어요. 그 세 글자를 찾아낸 아이들만이 왕가의 요리사로 향하는 영광의 길을 갈 수 있는 것입니다."

왕사부의 설명을 듣자 유비는 깊은 한숨만 나왔다. 요리경연까지는 앞으로 한 달 남짓 남았다. 더군다나 자신보다 뛰어난 경쟁 상대들이 경연대회 준비에 올인하는 동안 자신은 멀리 떠나와 밑도 끝도 없는 수수께끼 속에서 허우적거리고 있었다. 그런데 그 해답을 풀 수 있는 기회조차 일 년에 한 번뿐이라니. 제삿날은 코앞인데 밑도 끝도 없는 독에 물만 붓고 있는 처지였다.

유비의 마음을 억누르는 걱정을 대변하듯 장비가 왕사부에게 물었다.

"청나라 사람이라는 담증인이 지금까지 살아 있을 수도 없고 설사 살아 있다 해도 지금 그 식객이나 장군들이 있는 것도 아니니 그럼 저희들은 어쩌란 말입니까?"

그래도 세 사람 중 유일하게 앞일을 예측하고 있었던 사람은 관우였다. 청나라가 멸망하고 중국이 외세의 침략으로 흔들리면서 담가의 세력도 막을 내렸다. 그러나 그의 집에서 개발되고 전해 내려오던 '담가채'라는 요리의 계보는 뜻있는 주방 요리사들에 의해 명맥을 고스란히 잇게 되었다. 황제도 두려워했다는 권세는 하루아침에 사라질 수 있지만 요리의 참맛은 역사를 관통하며 보존되는 것을 보면 음식을 하늘처럼 여기는 사람들의 심리를 이해할 만하다.

훗날 담가 출신의 요리사들은 북경 시내에 모여 작은 식당을 하나 열었는데 그 맛이 워낙 뛰어나서 개점하자마자 성황을 이루었다. 훗날 식당은 북경반점으로 이전하여 〈담가반점〉이라는 이름으로 정식 간판을 내걸게 되었는데 모택동, 조은래, 노신 등 유명한 정치가와 문화계 인사들이 찾는 명소가 되었고 중국을 찾은 국빈들이 꼭 방문하는 식당으로 예전의 명성을 방불케 했다.

"왕가의 요리사들은 담가반점 덕분에 어려웠던 정치적 환경 속에서도 요리의 맛을 향상시키고 그 계보를 이어갈 수 있었지만 담증인이 빠진 담가에는 식객도 모여들지 않아 후세들의 교육이 걱정스러웠네. 당대의 유력가들을 초빙하기에 요리사의 신분은 여전히 많이 부족했지. 이에 대책으로 마련한 것이 고위급 정치가와 군사령관들이 모이는 병법회의 연례 만찬 때 장소와 음식을 무상으로 제공하며 연회의 자리를 마련해 주는 것이네."

"지금까지도 매년 1월에서 3월 사이에 병법회의 연례 만찬이 열리는데 저희들은 여전히 후손들을 보내 그 이야기를 듣게 함으로써 삼자경의 전통을 이을 수 있게 되었습니다. 예전과 동일하게 일 년에 오직 한 번 밖에 없는 자리입니다. 기회를 얻는 자는 주마가편 격으로 성장할 것이고 못 찾은 자는 도태될 것입니다."

짜장면의 열쇠를 풀어 한껏 신이 나 있던 세 사람은 풀어진 짜장면 면발보다 축 늘어진 채로 숙소로 돌아왔다.

늘 온화한 미소를 띠던 유비의 얼굴에도 근심과 걱정의 먹구름이 가득했다. 유비는 아무런 생각도 떠오르지 않고 머리가 하얘지는 것 같아서 침대에 이불을 뒤집어쓰고 누워버렸다. 한 달을 예상하고 시작했던 일이었는데 1년이 넘게 걸릴지도 모른다니 그냥 짐을 싸서 한국으로 돌아가고 싶었다. 그러나 포기하자니 마지막까지 자신의 손을 꼭 잡으며 최고의 요리사가 되라고 당부하시던 아버지가 떠올라 눈물이 흘렀다.

돌아온 후 책상에 놓인 노트북만 말없이 바라보던 관우. 관우도 고민되기는 마찬가지였다. 이번 중국행으로 밀린 일이 산더미 같았기 때문이다. 그러나 한국의 요리계를 떠올리며 생각을 차분히 정리하기로 했다.

이번 요리경연의 우승 후보를 꼽으라면 유비와 조조, 손권 이렇게 세 사람으로 추려진다. 재능만 보자면 천재적인 손맛을 지닌 유비가 으뜸이지만 유비에게는 치명적인 약점이 있었다. 천부적인 재능을 뒷받침해 줄 배경이나 학벌, 자본이 아무것도 없다는 점이다. 더군다나 유비는 아버지에게서 요리를 보고 배웠을 뿐 요리사로서 정식교육 과정을 거치지도 않았다.

반면 만리장성의 후계자인 손권은 어려서부터 부유한 환경에서 최고의 엘리트 교육을 받으며 요리계의 황태자로 성장했다. 15세부터 프랑스, 일본, 홍콩으로 요리 유학 길에 올라 동서양의 일류 요리전문학교에서 최고의 셰프들에게 요리 사사를 했으며 우수한 성적으로 수료하여 그 실력을 인정받았다. 그뿐만 아니라 재벌가의 경영수업도 틈틈이 받아오면서 만리장성의 경영에도 참여하여 한국의 요리계를 주도할 차세대 오너셰프로서 독보적인 존재감을 인정받고 있었다. 유비와 손권. 이두 사람에게 요리는 운명이었으나 운명이 축복으로 이어지기위해서는 주위의 배경과 도움도 필요했다.

반면 주목해야 할 또 한 사람이 있었으니 그 이름은 조조였다. 조조는 유비와 손권과는 달리 오로지 자신의 열정과 피땀어린 노력으로 지금의 성공을 거둔 자수성가형이다. 구청에서운영하는 재취업자 요리학교에서 요리에 처음 흥미를 느끼고독학과 검정고시로 K대학 호텔조리학과를 입학했다. 학과 입학생 중 나이가 가장 많았지만 특유의 성실성과 집요함으로 재학

기간 내내 장학생으로 선정되면서 교수님과 주변의 인정을 받았다. 몇몇 교수님과 선배들의 추천으로 잡지에 요리에 대한 글을 기고하며 언론에 이름을 알릴 기회를 얻었고 그 여세를 몰아 각종 TV 건강 요리 프로그램의 패널로 출연하면서 스타 요리사의 반열에 올랐다.

그러나 관우가 지켜본 조조는 실력이 아닌 잔머리와 처세의 고수였다. 자신의 성공을 위해서 미디어와 여론을 어떻게 조리할지, 자신에게 어떠한 양념을 칠지 너무도 잘 아는 언론플레이의 달인이었다. 성공의 단맛을 본 조조는 요리실력보다 명성 쌓기에 모든 노력을 쏟았으며 부족한 실력은 후배의 손을 빌려 채워나갔다. 그 과정에서 자신의 실력을 비하하는 미식 칼럼니스트들은 로비를 통해 언론에 노출되는 것을 차단했고 뛰어난 실력을 가진 후배들은 자기편으로 만든 후 충분히 부려먹다가 이용가치가 떨어지면 추악한 소문을 퍼뜨려 성장의 싹을 잘라버렸다. 이번 도화원 사건에도 배후에는 조조가 있다는 것을 관우는 어렴풋이 짐작하고 있었다.

만약 이번 SG 호텔의 조리장 선발대회에서 손권이 우승하면 이는 한 사람의 뛰어난 요리사가 탄생하는 것이 아니라 요리계의 판권이 만리장성이라는 거대 시스템에 압도당하는 것이 된다. 그렇다고 조조가 우승자가 된다면 요리계의 미래는 건설적인 발전은 고사하고 파벌과 음흉한 모략가들로 점철될 것이다.

요리계에는 혁신과 새로운 영웅이 필요했다. 학벌과 배경 대신 실력으로 최고를 선발한다는 이번 대회야말로 영웅이 탄생할 수 있는 천재일우의 기회였다. 요리에 대한 천부적인 소질과 재능은 물론 사람됨이 바르고 인덕과 성실함을 겸비한 유비. 유비야말로 기득권의 패권 싸움과 음모로 가득한 요리계의 춘추전국을 바르게 통일하고 건전하고 혁신적인 미래를 이끌어 갈 유일한 사람이다.

관우는 생각이 이쯤까지 도달하자 지금 자신이 찾고 있는 삼자경은 한 명의 영웅을 탄생시키기 위해 오랜 역사와 문화가 만들어낸 주술이라 여겨졌다. 또한 영웅의 탄생을 도우라는 사명으로 자신도 삼자경과 인연을 맺게 된 것 같았다.

관우가 주위를 둘러보니 유비는 구석에서 훌쩍훌쩍 울고 있었고 장비는 불만에 가득찬 표정으로 TV 리모컨을 만지작거리고 있었다. 관우는 두 친구를 숙소 밖으로 데리고 나갔다. 밤공기는 차가웠지만 상쾌한 바람이 불어왔다. 세 사람은 어두침침한 타국의 밤거리를 거닐다가 24시간 환하게 불을 밝히고 있는 맥도널드로 들어갔다. 관우가 빅맥세트를 주문해 장비에게 넘기자 침울해 있던 장비는 금세 세상에서 가장 행복한 웃음을 지으며 허겁지겁 햄버거 포장을 뜯었다. 소프트 아이스크림을 주문하고 초코시럽을 올려 먹는 유비의 입가에도 특유의 부드러운 미소가 되돌아왔다. 아마 아버지와 함께했던 유년 시절을 떠올리는 모양이었다.

숙소에서 돌아오는 길에 세 사람은 가판대에서 파는 방패연을 하나 구입했다. 장비가 연줄을 풀어 방패연을 힘차게 띄우자 손을 떠난 방패연은 하늘 높이 날아올랐다. 사방에 파란 꼬마전구가 달려 있어서 밤하늘로 올라간 연은 파란 별 네 개가 뜨는 것처럼 반짝반짝 빛났다.

그런데 순간 강한 바람이 횡하고 불어오더니 하늘로 올라가던 연이 건너편 건물의 안테나에 걸려버렸다. 당황한 장비는 온 힘을 다해 연줄을 잡아당기며 연을 빼려고 땀을 흘렸다. 연줄이 팽팽하게 당겨졌지만 연은 안테나에서 빠져나올 줄을 몰랐다. 이를 지켜보던 유비가 장비의 손에서 실타래를 가져왔다. 유비는 한동안 가만히 눈을 감고 연줄을 톡톡 튕기듯 잡아당겼다. 그때 다시 한번 바람이 불어왔다. 유비는 순간 강한 힘으로 연줄을 좌우로 흔들 듯 잡아당겼다. 안테나에 걸려있던 방패연은 휘리릭 소리를 내며 가볍게 빠져나오는 것이 아닌가

"어릴 때 아버지는 나를 데리고 동네 야산에 올라가 연을 날리곤 하셨어. 그때 아버지가 해주신 말씀이 있었거든. 연을 하늘 높이 잘 날리는 사람은 연줄을 세게 당기지 않는단다. 아들아, 연을 날릴 때는 연에 집착하기보다는 바람에 집중하거라. 바람이 불어오고 불어가는 방향에 맞게 연줄을 가볍게 톡톡 당겨봐. 그러면 연은 스스로 바람의 방향으로 자세를 돌리고 가볍고도 높이 날아갈 거야."

연은 파란 전구를 반짝이며 새까만 밤하늘로 높이높이 날아갔다. 연줄을 잡고 있는 유비의 손은 섬세하고 가볍게 줄을 톡톡 잡아당기며 연과 바람의 저항을 최소화시켜 주고 있었다.

관우는 안테나에 걸린 연을 가볍게 빼내어 하늘 높이 날리는 유비의 손놀림을 바라보며 또 한번 놀랐다. 유비는 실을 통해 전달되는 연의 미미한 흔들림도 순간적으로 감지하며 가볍고도 탄력 있게 실을 잡아당기고 풀어주기를 반복했다. 섬세하게 조정하는 그 힘을 받아 방패연은 하늘 높이 날아가고 있었다. 요리사에게 있어 손의 감각은 무엇보다 중요하다. 식재료의

속살을 다치지 않게 재료의 실루엣을 최대한 살리는 손맛. 유비의 아버지는 어린 유비에게 명주실의 감각을 손끝으로 느끼고 두 팔의 힘을 조절할 수 있도록 다양한 방법으로 교육을 시켰던 것이다.

유비의 눈은 너무 높이 떠서 지구 저편 행성까지 날아갈 듯한 연을 투명하고 파랗게 머금고 있었다.

'연은 하늘과 맞닿아 있고 가느다란 명주실이 내 손과 연결해 주고 있어. 손으로 만질 수는 없지만 내가 조금만 당겨주어도 연은 실을 통해 그 힘으로 지탱하며, 조금만 틀어주어도 내가 뜻한 방향대로 움직이는 거야. 하늘 저 편에서 날고 있지만 결국은 내 손에서 시작되는 방패연…'

유비는 손에 쥐고 있는 연줄을 놓아버릴 수 없는 마음을 깊이 새겼다.

따르릉따르릉.

세 사람이 숙소로 돌아온 깊은 밤, 호텔방에 전화가 걸려왔다. 원래 상반기 병법회의는 2월에 열릴 예정이었으나 1월 16일로 앞당겨졌다는 왕사부의 전화였다.

"16일이면 바로 모레네요."

전화를 받은 관우가 말했다.

"예. 그래서 급한 마음에 여러 번 전화를 드렸는데, 아휴~ 이제야 받으시네요. 참석하실 거죠?"

"그걸 말씀이라고 하십니까? 당연히 가야지요."

"하늘이 세 분을 도우시려는 모양입니다. 허허. 참, 매년 정월 초이틀에서 열엿새까지 중국에서는 특별한 축제기간이라는 것을 아시는지요?"

"춘절에서 정월대보름까지 전통적인 명절이라고 알고 있습니다만, 그것 말고 또 다른 일이 있습니까?"

"예 춘절과도 맥을 같이하는 행사입니다만…, 혹시 연초에 중국의 가게나 식당에서 사람이 드나드는 입구에 향을 피우고 제사를 지내는 광경을 본 적이 있으신지요? 이 기간은 중국 사람들이 가장 숭상하는 신, '재물신'에 예를 갖추는 시간입니다. 아마 연회가 이 기간에 열리는 것으로 보면 재물신과 관련이 있을 듯싶습니다. 그럼 건투를 빕니다."

중국의 유명 호텔인 북경반점에 자리한 담가반점은 고대 귀족의 저택 양식으로 지은 건물로 우아한 멋을 자랑했다. 세 사람이 도착했을 때는 이미 군복을 갖춰 입은 장교들과 군사전략가들이 도착해서 서로 인사를 나누며 차를 마시고 있었다. 명절 기간인 만큼 전통을 살리자는 취지에서 고대 병법서를 함께 보며 이야기를 나누고 있었는데 입구에는 거대한 규모의 재물신 상이 있어 장내 분위기를 더욱 엄숙하게 만들었다. 중국 사람들은 정월이 되면 조상님께 절을 올리는 대신 가가호호 재물신을 모시고 간단한 음식을 마련하여 가정의 평화와 부귀를 기원하는 풍습이 있었다.

유비와 관우, 장비는 입구 가까이에 마련된 테이블에 자리를 잡았다. 테이블에는 수염을 길게 기른 깡마른 노인이 앉아 있었다. 담가반점에 들어오는 거물급 장관들이 그에게 먼저 다가와 인사를 올리는 것을 보고 관우는 그 노인이 바로 삼자경의 3절을 풀어줄 사람이라고 직감이 들었다.

사람들은 간간이 깡마른 노인에게 술을 권하며 말을 걸었는데, 오고 가는 그들의 대화 속에는 "손오병서"라는 말이 반복되었다.

이를 지켜보던 장비가 관우에게 물었다.

"형님 손자병법은 들어봤는데 손오병서가 뭐죠?"

관우가 대답했다.

"예로부터 중국에서는 병서를 '무경칠서(武經七書)'라 하여 손자, 오자, 율료자, 육도, 삼략, 사마법, 이위공문대 등이 전해 내려왔어. 이 일곱 가지 병서는 송나라 때부터 중요시되어 왔는데. 그중에서도 손자와 오자를 으뜸으로 꼽으며 오늘날에는 이를 보통 '손오병서'라고 부르지."

옆에서 차를 홀짝이며 두 사람의 이야기를 듣고 있었는지 깡마른 노인이 조용하고 차분한 목소리로 이야기를 이어나갔다.

"손오병서는 옛날부터 제왕의 비본(秘本)이니, 장상(將相)의 비본이니, 또 모든 투사(鬪士)의 비본이니 하여 병가(兵家)의 자습서로써 만고불역(萬古不易)의 명편(名篇)이라 칭송되어 왔다네. 그리하여 국가경륜(國家經倫)의 요지(要旨)와 전쟁승패(戰爭勝敗)의 비결(秘訣)과 인사성패(人事成敗)의 지침(指針)이 모두 이 책 가운데 있다고 한다네."

이야기가 끝나기도 전에 테이블에는 요리가 하나둘씩 올라왔다. 역시 소문대로 깔끔하고 고급스러우면서도 재료의 신선함이 요리의 향미로 그대로 살아나는 훌륭한 요리였다.

담가반점에 모인 사람들은 음식이 하나하나 올라오자 바라보는 재미와 맛보는 재미에 그동안 이야기를 나누던 병서는 머릿속에서 하얗게 지워진 것 같았다. 그도 그럴 것이 옛날에는 귀족들만 즐겼고, 오늘날에도 너무 비싸 정재계 높으신 분들과 재벌들만 즐긴다는 담가 요리를 풀코스로 맛보게 되는 것이었다.

차와 견과류는 이미 행사가 시작하기 전에 테이블에 올라 손님들의 입맛을 돋우고 자연스럽게 서로 인사를 하게 하며 자리에 향을 더했고 입맛을 돋우는 전채요리부터 하나하나 테이블을 채우기 시작했다. 그 뒤를 이은 본요리로는 산해진미 중에서도 진미로 꼽히는 꿀에 절인 곰발바닥찜, 상어지느러미 수프, 전복 스테이크가 순서대로 올라왔다. 요리가 오를 때마다 사람들의 입에서는 감탄사가 터져나왔다.

유비와 관우, 장비도 잠시 삼자경을 잊고 나오는 음식들에 입이 떡 벌어져 있었다. 중국요리가 세계 3대 요리 중 하나라는 말이 과장이 아님을 그대로 입증하는 요리들이었다.

"형님 우리 삼자경 못 찾더라도 중국요리나 실컷 먹고 가죠."

장비가 앞에 놓은 요리들을 우걱우걱 집어먹으며 신이 나 이야기했다.

"왜 그 이야기가 안 나오나 했지. 자네들 삼자경 찾으러 온 젊은이들이지?"

깡마른 노인이 술 한 잔을 쪽쪽 빨아 마시며 나지막한 소리로 말했다.

맛나게 음식을 먹고 있던 관우는 나지막한 목소리에 깜짝 놀라며 노인을 바라봤다.

"예 어르신 혹시 삼자경에 대해 아시는 바가 있으십니까?"

"참 오랜만일세, 삼자경을 찾는 사람이. 예전 북경의 성내에 살던 사람 중에 왕가의 삼자경을 들어보지 못한 사람은 없었어. 지금이야 그 삼자경을 찾으러 다니는 사람들이 뜸하지만 말이야. 정작 오늘 연회도 삼자경 덕에 이곳에서 열린다는 사실을 아는 사람도 드물다네. 요새야 어디 너무들 바빠서 전통에 대한 생각을 할 겨를이 있나. 이곳에 온 사람들은 그나마 병서의 지혜를 오늘날에 살려보자고 애를 쓰는 사람들이니 그 정성이 삼자경과 이어지는 것이지. 그렇다면 여기 이 식당의 담가 요리를 하는 사람도 왕가의 후손이라는 것쯤은 알고 있겠구먼."

"예, 어느 정도 들어서 알고 있습니다. 그럼 저기서 요리를 나르는 사람들도 왕가의 사람들이 많겠네요."

"물론 왕가 자손들이 있기는 하겠지만 천하의 왕가라 해도 요새는 후손들이 가업을 이으려고 하지 않아. 왕가에서는 집안 후손만 생각해서는 자기 집안에서 쌓아온 요리의 전통을 상실할 수도 있겠다는 위기감을 느낀 게지. 그래서 후손 중에서도 요리에 뜻이 있는 아이들에게만 요리를 가르치고 요리를 경시하는 아이들에게는 일찌감치 칼을 쥐여주지도 않는다네. 그 대신 요리를 배우러 온 사람들 중에 천부적인 재능이 발견되거나 요리에 대한 강한 열의를 보이고 사람됨의 기본이 된 이들을 발견하면 과감하게 자신들의 후계자로 키워나가는 것이네. 그 과정을 겪고 요리수련을 충실히 받은 이들이 엄중한 심사를 거쳐 주방으로 들어가게 되는데 그 과정에서 삼자경의 전통이 지금까지 사라지지 않고 이어지는 것이네."

"그럼 어르신께서도 삼자경의 글자들을 알고 계십니까?"

"허허. 알다마다. 특히 삼자경의 제3절은 왕가의 삼자경에서도 그 의미와 파급력이 백미인 부분이라네. 자네들이 여기까지 왔다면 이미 1장과 2장은 풀어냈을 터. 1절이 사람됨과 마음가짐, 2절이 신중함과 준비의 자세라면 3절은 실전 요리법과 주방을 운용하는 법을 당대 최고의 전략가들로부터 듣는 기회였으니까."

요리를 먹고 있던 장비도 삼자경 3절의 열쇠를 쥐고 있는 노인에게 의자를 당겨 가까이 다가갔다. 그리고 테이블에 놓인 찻

주전자를 들어 노인에게 차를 따라주며 물었다.

"어르신 저희는 꼭 삼자경을 찾아야 돌아갈 수 있습니다. 가르침을 좀 주십시오."

노인은 간곡히 청하는 장비를 보더니 웃으며 말했다.

"3절은 오늘 주제인 손자, 오자와 깊은 관련이 있네. 그리고 또 알아야 할 역사적 인물이 한 명 더 있네만…"

"그게 누군가요?"

세 사람은 눈이 동그래져서 노인을 바라봤다.

"자네들 식당에 들어올 때 입구에 모셔진 상과 제패를 봤나? 그 조각상의 주인공이 바로 범려라는 춘추전국시대의 인물이라네."

"범려요?"

"손자와 오자, 범려까지… 이 세 사람을 꼼꼼히 연구하다 보면 삼자경의 3절이 나오게 되지. 삼자경의 3절은 이론에서 실전으로 심화하는 단계여서 한 번에 한 자씩 가르쳐준다는 엄격한 규칙이 있어."

한 번에 한 글자… 세 사람은 앞이 까마득했다.

한국에서 온 요리사라는 점과 요리결전을 위해 주어진 시간이 얼마 없다는 것 등 이런저런 이야기를 하며 통사정을 해도 노인은 한 번에 한 글자라는 원칙에 완고했다. 노인이 심기가 불편하면 처음 한 글자도 못 듣고 그대로 물러날 판국이었다. 그러자 세 사람은 마음을 편히 먹고 우회작전으로 바꾸기로 했다.

"그럼 어르신 처음 글자는 무엇입니까?"

"내가 손자랑 오자와 범려와 관계가 있다고 했지? 이들의 공통점이 무엇인 줄 아나? 바로 전쟁에 능하여 나라를 위기에서 구해낸 병가들이네. 따라서 이들에게서는 전쟁을 의미하는 '전(戰)' 자가 나오지."

첫 글자를 알아내니 세 사람은 다음 글자에 대한 호기심이 바로 발동하기 시작했다. 술을 한 잔 따르며 노인의 이야기를 귀기울여 듣고 흥을 돋운 후 이번에는 한 번에 요리사가 두 사람이 왔으니 두 번째 글자까지만 안 되겠냐고 통사정을 했다. 처음에는 완강하게 안 된다고 말하던 노인도 술이 몇 잔 들어가자 이야기를 잇기 시작했다.

"내 멀리서 온 기특한 손님들이니 인심을 쓰네. 손자와 오자가 명장으로 그들이 남긴 병서가 지금까지 전해 내려오긴 하지만 동시대를 산 범려는 그 둘을 넘어서 중국 사람들에게 신으로 숭상받고 있는 이유를 알겠나? 그 이유는 그가 전쟁에서 이기는 전술과 책략에 능했을 뿐만 아니라 전쟁을 승리로 이끈 다음에는 상업에도 큰 성공을 거두어 국가를 풍요롭게 하고 주위에 좋은 일들을 많이 했기 때문이네. 그래서 범려는 재물신뿐만 아니라 상성(商聖)이라고 추앙받을 정도이지."

"그럼 두 번째 글자는 상(商)입니까?"

관우가 재빠르게 추임새를 넣었다.

"어허 그 청년들 눈치 한번 빠르구먼"

관우는 분위기를 몰아 세 번째 글자까지 노인의 입에서 나올 수 있도록 최대한 이야기를 이끌어갔다. 그러나 노인은 끝내 세 번째 글자를 말해주지 않고 자리를 떴다.

관우는 숙소로 돌아오자마자 노트북을 켜고 오늘 있었던 연회의 자료들을 정리하면서 손자와 오자 그리고 범려의 자료들을 다시 한번 찾아보았다. 그중에 강하게 인상이 남는 글귀들은 문서 하나에 정리해 두었다. 이들을 연결시키다 보면 삼자경 3절의 마지막 글자의 정체가 뚜렷해질 것 같았다.

[검술(劍術)보다 병법(兵法)을 익혀라]

한 사람을 대적하는 검술(劍術)보다 만인을 상대하는 병법(兵

法)을 익히라는 말이다. 예로부터 유능한 장군은 부하의 능력을 탓하지 않는다. 인재를 선발하여 전세에 적응하게 하고 부하들을 나무나 돌을 사용하듯이 자유자재로 지휘한다. 나무나 돌은 놓인 곳이 평지이면 조용히 머무르지만 경사지면 움직이며 생긴 모양이 모가 나면 정지하지만 둥글면 구르게 마련이다. 그러므로 경쟁에서 이기는 장군은 마치 둥근 돌을 천 길이나 되는 산 위에서 굴리는 것과 같으니 이것이 바로 전세이다.

유비는 날이 밝자 승보재에 들러 병법서들을 한 아름 구해왔다.

호텔에 도착한 유비는 간단히 샤워를 마치고 침대에 엎드려 병서 읽기 삼매경에 빠져들었다.

"강태공이라고 알려진 태공망이 유명한 책략가라는 사실을 아는가?"라며 제갈공이 추천해 준 《육도》와 《삼략》을 펼쳤다. 중국에서 내려오는 무경칠서 중에서 다른 병서들은 전술(戰術)·병기(兵器)·지형(地形) 등 군사 부문을 집중적으로 다루고 있지만 《육도》와 《삼략》은 위와 같은 치세(治世)의 대도(大道)에서부터 인륜까지 논하고 있었다.

유비는 책 속에 적힌 '가장 이상적인 이김'에 대한 글귀가 눈에 들어왔다.

대지(大智) - 싸우지 않고 병사를 잃지 않는 것이 대승(大勝)
이다.
대용(大勇) - 싸우지 않고 이기는 방법을 여러모로 생각한다.
대리(大利) - 백성에게서 뺏지 않는 자는 백성의 마음을 얻
는다.

《육도》의 '도'는 칼집을 뜻하는데 명검은 날카로운 칼날 이
상으로 칼을 보호하는 칼집이 중요하다는 의미를 담고 있다.
그리고 《삼략》의 략(略)은 기략(機略)을 뜻하며 자신에게 돌아
오는 기회를 놓치지 않기 위해 철저히 준비하는 내용을 다루
고 있었다.
　유비는 육도와 삼략의 한 장 한 장을 신중히 읽어 내려가며
이번 경쟁이야 말로 자기에게 주어진 천시(天時: 하늘이 내려준
기회)임을 알고 육도삼략을 의 중요한 부분을 요약하고 정리하
며 요리사로서의 자신의 취약점과 보안해야 할 점을 꼼꼼히 분
석해 내고자 하였다.

[군사의 육수(六秀, 여섯 가지 뛰어난 점)]

육수를 겸비한 인재가 많아지면 장군의 지도력이 빛을 발한다.

인(仁) - 군법을 준수하며 전우를 배려하고 다수의 병사를 화
　　　　합시킬 수 있는가

의(義) - 사욕을 버리고 공공의 이익을 추구할 수 있는가

충(忠) - 나라의 이익을 위해 자신을 희생할 수 있는가

신(信) - 행동에 숨김이 없으며 실천으로 자신이 한 말을 지키는가

용(勇) - 위기에 직면하여 두려워하지 않고 극복해 나가는가

모(謀) - 문제를 효율적으로 해결할 수 있는 지혜가 있는가

[패배로 치닫게 하는 육적(六敵 여섯 가지 적)]

1. 호화저택을 만들고 음주가무에 탐닉하는 부하는 지도자
　의 덕망을 해친다.

2. 업무에 집중하지 않고 사적인 이유로 조직의 규정을 어기
　는 부하는 조직의 질서에 흠이 된다.

3. 군사 내 당파와 파벌을 조성하고 현인지자(賢人智者)를 배
　척하여 외부에서 함부로 장수를 험담하는 부하는 군사과

수장의 권위에 손상을 입힌다.

4. 의리를 버리고 외부조직과 필요 이상으로 접촉하며 장군을 가볍게 보는 부하가 있다면 장군의 위엄에 손상을 입힌다.

5. 직급의 차를 경시하고 자신의 업무를 낮추어 보며 윗사람을 위해 위험을 무릅쓰는 것이 헛된 일이라고 여기는 부하가 있다면 충실한 부하의 노고에 허물이 된다.

6. 권력으로 하급부하의 공로를 가로채고 능욕하는 중간 장군은 모든 부하의 사기를 떨어뜨린다.

[팔미의 인재판별법]

1. 말로 질문하여 그 응답하는 모양이나 화답 내용으로 관찰

2. 잇따른 질문으로 그에 변화하는 표정을 관찰

3. 은밀히 일상생활을 추적하여 조사함으로써 성실함을 관찰

4. 사적인 자리에서 솔직한 질문으로 그 인품을 관찰

5. 금전관계에 압박을 가해 청렴함을 관찰

6. 미인으로 유혹하게 해 정념을 관찰

7. 위험이 닥쳤다고 거짓으로 고하고 용기를 관찰

8. 술을 먹인 후 취한 모양과 주사를 관찰

[인력구성의 다원화]

대명지사 - 재능과 기술이 뛰어나 중임을 맡길 수 있는 자

함진지사 - 기개가 칼날 같으며 용기백배하여 조직의 사기를
높일 수 있는자

모인지사 - 용기 있고 다칠 것을 두려워하지 않으며 전쟁에
서 입은 상처도 명예스러운 것으로 생각하고 즐
기는 자

용예지사 - 용모가 거대하여 장검을 차고 당당히 앞에서 행군
을 이끌 수 있는자

용력지사 - 다리 힘이 강하고 괴력을 지니며 적의 쇠북을 때
려 부수며 사기를 꺾을 수 있는 자

구병지사 - 몸놀림이 민첩하여 높은 곳을 뛰어넘고 먼 길을
갈 수 있으며 걸음이 경쾌하여 신속히 달릴 수 있
는 자

사투지사 - 지위나 세력은 없지만 공을 세워 다시금 기용되
고 싶어 하는 자

사분지사 - 전사한 장교의 자제로서 원수를 갚고 싶어 하
는 자

필사지사 - 가난함에 찌들린 나머지 발분하여 출세를 생각

하는 자

여둔지사 – 적으로부터 치욕을 당해 그 흔적을 지우고 명예를 되찾고 싶어 하는 자

행용지사 – 징역살이를 했거나 혹은 죄를 면한 자로 전공에 의해 명예를 만회하려는 자

훌륭한 장수는 이러한 자들을 다양하게 고용하여 효과적으로 쓸 수 있어야 한다. 일만이 모여 전법을 배우면 그것으로 일백만의 군을 조직한다. 전법을 익히기를 게을리하고 기준에 적합하지 않은 자는 단 한 명의 적병도 당하지 못할 것이다.

[표리부동(表裏不同)한 부하를 경계하라]

'까마귀 검다 하되 백로야 웃지 마라. 겉이 검다고 속조차 검을쏘냐. 겉 희고 속 검은 이는 너뿐인가 하노라'라는 시조가 있듯이 '표리부동'한 부하직원은 조직관리의 차원에서도 경계해야 할 대상이다.

-겉 희고 속 검은(表白裏黑) 백로형

1. 영리한 인상이나 생각이 부족한 자.

2. 온화하고 선량한 언행을 보이나 실은 부정한 자.

3. 조심스러워 보이나 실은 오만한 자.

4. 자기를 낮추는 것처럼 말하나 실은 겸허치 못한 자.

5. 여러모로 신경을 쓰는 것처럼 보이지만 친절하지 못한 자.

6. 마음이 깨끗한 듯 보이나 성의가 없는 자.

7. 매번 계획만 세우고 결과물이 없는 자.

8. 과감한 어투로 미래를 말하지만 스스로는 실천하지 않는 자.

9. 성실해 보이지만 자신에게 이로운 일만 전념하여 신뢰할 수 없는 자.

10. 용기가 있는 듯 보이지만 겁이 많은 자.

- 겉은 검지만 속은 순백한(表黑裏白) 까마귀형

1. 다소 멍청하고 모자란 듯 보이지만 행동이 충실한 자.

2. 언행이 과격하고 단순해 보이지만 결과물이 좋은 자.

3. 엄격하고 냉혹한 듯하지만 실은 온건하고 성실한 자.

4. 풍채도 좋지 않고 허약한 듯 보이지만 일 처리가 깨끗한 자

[현명한 장수의 오재(五才, 다섯 가지 재능)]

용(勇) - 과감한 집행으로 공격을 받지 않으며

지(智) - 올바른 판단을 내려 내부혼란이 없고

인(仁) - 사람들을 사랑하므로 부하들이 단결하고

신(信) - 사람을 속이지 않으니 믿음이 생기고

충(忠) - 배반당하는 일이 없다.

[장수의 칠해(七害, 일곱 가지 해로움)]

1. 혁신적인 아이디어나 개선책이 없는데도 단지 전투에 참
   여했다는 이유로 거들먹거리는 자 (이런 부하에게 상을 내
   리면 안 된다.)

2. 평판은 좋지만 실력이 없고, 안과 밖에서의 의견이 다르며,
   남의 장점을 무시하고 결점만 들추어 내어 교묘하게 처세
   하는 자 (그런 자와 중대사를 논의해서는 안 된다.)

3. 허술한 옷을 입고 무의무욕을 가장하면서 실은 명예와 이
   익을 구하는 자 (이런 자와 친분을 두고 가까이해서는 안 된
   다.)

4. 화려한 옷차림으로 주변 사람의 이목을 자신에게 집중시
   키려 애쓰는 부하. 유익한 것처럼 공론을 조성하고 실상 자
   신은 아무 일도 하지 않으면서 세상을 비판하는 부하 (이런
   자를 높이 평가하면 안 된다.)

5. 중상모략을 일삼고 장수에게 아첨하며 승진이나 상을 위

해 처세하는 자. 큰일을 도모하지 못하고 목전의 이익을 탐해 아부하며, 거짓으로 상사를 기쁘게 하는 자(이런 자를 중용해서는 안 된다.)

6. 호사스러운 취미를 위해 본직을 소홀히 하는 것을 금한다.
7. 행운을 바라거나 근거 없는 추측으로 직원들의 사기를 저하시키는 일을 금한다.

장수가 경계해야 할 최대의 적은 바로 '독선과 교만'이다. 화의 근원은 바로 자신에게 있음을 명심할 것이며 자신의 생각이 다수의 의견을 넘어선다고 단언하지 마라. 춥고 더운 병사들의 고통을 알지 못하는 장수, 진창을 무릅쓰고 행군할 때 수레에서 내리지 않는 장수에게 병사들은 그 뜻에 진정으로 따르고 보답하지 않는다.

[부하를 부하로 대접하라]

조상을 조상으로 받드는 것은 당연히 여기지만 부하를 부하로 대접하는 장수는 드물다. 인재를 고용하기 위해 재물은 아끼지 말며 공을 세운 직원에게 상을 주되 때를 놓치지 않는다면 규모가 거대한 군사일지라도 말단 부하의 힘까지 능히 발휘하게 할 수 있다. 장군이 병사와 한가지 음식을 먹고 안위를 같이할 때만이 힘과 사기를 한데로 모아 적시적소에서 공격할 수 있다.

병사를 통솔할 수 없다면 기(奇)를 말할 수 없고 치난(治亂)에 능하지 않으면 응변(應變)을 말할 수 없다. 뛰어난 인재를 자신의 사람으로 만들고 대중과 더불어 좋아하고 싫어함을 함께할 수 있는 다음에야 임기응변술과 처세술을 더하도록 한다.

[부하의 마음을 다스리는 상략(上略)]

부하의 마음을 안정시켜 전투에 전념하도록 하는 심치술(心治術)

1. 위험에 놓인 자가 있다면 안정되게 돕는다.

2. 두려워하는 자가 있다면 편안케 한다.

3. 배반한 자가 있다면 다시 되돌아오게 한다.

4. 무고한 죄에 억울해하는 자가 있다면 반드시 누명을 벗겨준다.

5. 호소하는 것이 있다면 반드시 경청한다.

6. 불우한 자가 있다면 능력에 맞추어 그 지위를 상승시킨다.

7. 포악한 자가 있다면 그 능력을 제압한다.

8. 대항하는 자가 있다면 용서하지 않는다.

9. 탐욕스러운 자에게는 여유롭게 대처한다.

10. 피로해하는 자는 재충전할 수 시간을 허용한다.

11. 비밀이 있는 자는 반드시 그 비밀을 지켜준다.

12. 창의적인 아이디어가 많은 자를 가까이 기용한다.

13. 업무가 지나치게 집중된 자는 부담을 덜어준다.

14. 돌아오려는 자는 쾌히 받아들인다.

15. 복종하려는 자는 배려한다.

16. 항복한 자의 과거는 용서한다.

[상대의 십과(十過)에 따른 공략법]

경쟁상대의 상황을 시시각각 살피고 상대가 무모한 행동을 보일 때 기습하는 공략법

1. 과용(過勇 무모한 용기)으로 전쟁을 쉽게 생각한다.

- 무모한 싸움을 도발하여 상대의 전력을 약화시킨다.

2. 신중하게 고려하지 않고 속단(速斷)한다.

- 지구전으로 초조하게 만든다.

3. 과욕(過慾)으로 목전의 이익에 혈안된다.

- 뇌물로 현혹한다.

4. 배려가 지나치다.

- 이리저리 뛰게 하여 피곤하게 만든다

5. 지혜와 머리만 앞설 뿐 겁이 많다.

- 시달리고 욕되게 하여 앞뒤를 가리지 못하게 한다.

6. 스스로를 선량하게 생각하며 누구나 쉽게 믿고 의지한다.

- 첩자를 파견한다.

7. 너무 청렴해서 남을 용서할 줄 모른다.

- 뇌물을 주어 화를 돋운다.

8. 강직하고 자신을 과신하여 남을 쓰지 않는다.

- 자주 싸움을 걸어 피곤하게 한다.

9. 자신의 조직이 최강이라는 자만에 빠져있다.

- 기습하여 무찌른다.

10. 나약하여 난국에 직면하면 적에게 몸을 맡긴다.

- 직접적 공격을 피하고 모략으로 피곤하게 만든다.

[늑대로부터 배우는 조직 리더십]

1. 와신상담(臥薪嘗膽) - 때를 기다리는 신중함

늑대는 똑똑한 동물이다. 늑대는 결코 자신의 존엄함을 과시
하기 위하여 자신이 약할 때 자기보다 강한 자를 공격하지 않는

다. 자신이 약할 때 와신상담하며 자신이 무림에 표효를 할 수 있는 그날을 기다리는 것이다.

2. 정체지상(整體至上) - 팀웍의 힘

늑대의 울음소리가 산에 울릴 때 늑대들은 한 무리를 짓고 서로 호흡을 맞추어 돌아다닌다. 늑대들은 하나의 팀을 이루며 다니기 때문에 맹수의 왕인 호랑이와 사자도 감히 늑대의 무리를 공격하지 못한다.

3. 자지지명(自知之明) - 자신에 대한 객관적 판단력

늑대도 밀림의 왕이 되기를 꿈꾼다. 하지만 자신은 늑대일 뿐 호랑이도 사자도 아닌 것을 안다. 그래서 밀림을 호랑이에게 넘기고 늑대는 초원에 사는 것이다.

4. 순수행주(順水行舟) - 시기의 선택

늑대는 자신보다 강한 상대를 만났을 때 급히 덤비지 않고 견제하며 관찰하다가 상대가 약점을 보일 때를 놓치지 않고 공격한다. 꼬리를 내리고 뒷걸음치는 한이 있더라도 사생결단의 결투는 하지 않는 특성이 있다.

5. 단결정신(團結精神) - 단결된 조직의 힘

늑대는 평소에 혼자 다니는 것을 즐기지만 일단 무리 지어 다닐 때에는 동료가 상처를 입었을 때 절대로 혼자 도망가지

않는다.

[장수가 경계할 육계(六戒)]

1. 충고를 듣지 않으면 유능한 부하가 떠난다.

2. 계획을 실행치 않으면 입안자가 떠난다.

3. 선악을 혼동하고 장단점을 분간하지 못한다면 의욕 있는
   자가 떠난다.

4. 독단으로 일을 처리하면 부하는 책임을 전가하는 일에 익
   숙해진다.

5. 중상모략과 아부하는 부하를 중용하면 충성스러운 직원
   이 떠난다.

6. 재화를 탐내면 부정한 부하직원을 벌하지 못한다.

병서 삼매경에 빠져 있는 유비와 노트북을 붙잡고 인터넷에
열중인 관우를 번갈아 보던 장비는 울화가 치밀었다.

"형님, 이 중요한 시기에 우리가 여기서 뭐 하는 겁니까?"

장비는 주먹으로 테이블을 세게 쳤다.

유비과 관우는 깜짝 놀라 장비를 돌아봤지만 이내 유비는 다
시 병서로 관우는 노트북으로 눈을 옮겼다. 장비는 두 사람의

무반응에 혼자 화를 씩씩거리며 생수 한 통을 벌컥벌컥 마시더니 언젠가 모르게 침대에서 잠이 들었다.

관우는 범려라는 사람에 의문점이 끊이지 않았다. 손자와 오자의 병서는 이미 관련 자료를 많이 읽고 병서도 탐독해 보았지만 그 두 사람에 비해 범려는 특별한 저서를 남긴 것도 아니고 후대에 많이 알려진 위인도 아니었기 때문이다.

열심히 자료를 찾아 열람하던 관우는 삼자경 3절의 마지막 글자가 어렴풋이 떠오르는 것 같았다.

'혹시…'

관우는 바로 왕사부에게 전화를 걸었다.

"왕사부님 3절을 찾기는 찾았습니다만 확신이 서지 않아서요."

"벌써 찾으셨습니까? 어허 이거 소싯적 저보다 빨리 찾으시는데요. 저도 그 당시에는 집안어른들게 똑똑하다는 칭찬을 받고 자랐는데 관우군 저보다 빠르시니 신동이신가 봅니다. 그 석 자가 무엇이던가요?"

"전(戰), 상(商)……더…어…덕(德)…"

"허허허."

왕사부는 호탕하게 웃었다.

"맞네요. 정확하십니다. 삼자경의 3절은 전(戰), 상(商), 덕(德) 석 자입니다."

관우는 마지막 글자까지 맞다는 왕사부의 확인에 기뻐서 소리를 지르며 허공으로 뛰어올랐다. 흥분되는 마음을 가다듬고 관우는 왕사부에게 몇 가지를 더 물어보았다.

"왕사부님 삼자경은 문관과 무관의 것도 아니고 그렇다고 상인의 것도 아닌 황실요리 명가인 왕가 삼자경이 아닙니까. 아무리 살펴봐도 3절의 석 자와 요리법과는 연결이 안 되는데요?"

"전(戰), 상(商), 덕(德)과 요리 말씀이지요. 왕가 삼자경의 5절을 다 찾아보면 아시겠지만 그 열다섯 자 가운데 요리와 직접적으로 관련된 자는 하나도 없습니다. 조상의 뜻이 조리법과 재료들을 가르치기 위함이었다면 굳이 삼자경을 만들 필요도 없었지요. 조리법을 적은 음식보(飲食譜)들은 서가에 가서도 이것저것 쉽게 찾아볼 수 있었으니까요. 그런데 삼자경을 찾아다니며 가만히 글자들을 되뇌이다 보면 신기한 점을 발견하게 됩니다. 삼자경은 요리에 관해 어떠한 언급도 하지 않지만 또 어떻게 보면 요리에 관한 모든 것을 말해주고 있으니까요."

"아직 저는 이해가 잘 안 됩니다. 좀 쉽게 말씀해 주십시오."

"예로부터 중국에서는 산해진미를 마련하여 귀한 손님을 대접하는 것이 미덕이었습니다. 주인과 손님은 원탁에 둘러앉아 음식을 가운데 두고 정치적 담론을 주고받았지요. 예술가들은 음식에 영감을 얻어 주옥과 같은 시서화를 남기기도 했고요. 이쯤 되면 음식을 만드는 요리사는 최고의 요리로써 식탁을 준비하는 후견인의 입장이 되는 셈입니다. 따라서 요리의 맛과 재주를 뽐내려는 요리사는 하급으로 평가했습니다. 요리사는 주방을 책임지고 연회의 시기와 손님의 특성, 그리고 화제에 맞는 식탁을 차려낼 수 있어야 훌륭한 요리사로 인정받을 수 있었어요. 요리사의 선조 격인 상나라 이윤(伊尹)은 조화로운 음식의 맛으로 황제에게 충언하여 한 나라 제상의 자리까지 올랐을 만큼 요리는 중대사였고 요리사의 사회적 지위가 높았습니다."

"그러면 요리사에게는 다양한 분야의 학식이 필요했겠군요."

"예, 그래서 특히 저희 집안은 '황실요리사'라는 명예를 목숨보다 소중하게 여기고 지켜왔습니다. 수많은 요리사들을 제치고 그 자리까지 오를 수 있었던 이유는 대대로 전해온 조리법을 꾸준히 개선하며 다른 요리 명가와의 경쟁에서 지지 않았기 때문입니다. 수만 가지의 요리 중에서 황제의 식탁에까지 올라가는 요리는 그다지 많지 않습니다. 각지에서 맛과 영양이 가장 뛰어나다고 알려진 요리들을 우선 1차적으로 선정하고 그 요리에 정통한 요리사들을 대상으로 치열한 각축전을 벌이게 합니다. 중국 각지에서 몰려온 요리사들은 궁중의 요리경합에 참여하는 것을 일생일대의 영광으로 생각하며 그 기회를 놓치지 않고 최후의 승자가 되기 위해 준비를 해 나가는 것입니다."

"왕가는 황실의 요리사로서의 명예뿐만 아니라 성내에 식당을 차려서 큰 성공을 보았다고 알고 있습니다."

"예, 맞습니다. 지금 제가 운영하는 식당도 청대 강희제 때 문을 열어 지금까지 그 자리에 이어오는 것이니 그 역사를 따지면 300년이 넘습니다.

"300년 동안 손님들의 사랑을 받는 식당이라. 할아버지, 아들 그리고 손자까지 왕가의 음식을 먹고 맛있는 기억을 가지고 사는 사람들이 많겠군요."

"저희 집안 어른들은 식당을 운영할 때도 독특한 상도를 강조하셨습니다. 장사는 물건을 파는 것보다는 가치를 만드는 일이라고. 이윤을 따지기에 앞서 식재료 준비에서부터 서비스까지 손님을 배려한 최상의 가치를 만드는 데 열중한다면 손님은 알아서 찾아온다는 진리를 우리는 300여 년을 통해 두 눈으로 보고 배웠습니다."

"황실의 요리사라는 명예와 가업의 성공. 치열한 경쟁 속에서 두 마리 토끼를 다 잡기까지 위기는 없으셨습니까? 요리사들끼리 경쟁이 치열할수록 알력 싸움과 모함이 있을 수도 있고, 식당이 너무 잘되다 보면 권력자나 다른 세력들의 음모가 있을 법도 한데요."

"단순히 요리를 잘한다고 해서, 손님의 입맛을 만족시킨다고 해서 요리 명가로 성공할 수 있다면 저희 말고 다른 가문들도 지금까지 살아남았겠지요. 또한 당대에는 저희보다 뛰어난 요리실력을 가진 요리사들도 많았던 것이 사실입니다. 그들보다 오랫동안 전통을 이을 수 있던 비결이 바로 범려의 가르침 덕분입니다."

관우는 그제서야 3절의 마지막 글자인 '덕(德)' 자를 떠올렸다.

범려는 춘추 시기에 월(越)나라의 왕 구천(勾踐: 재위 BC497~BC465)을 섬긴 유명한 정치가이자 사상가이며 정략가이다. 월나라 대부로서 월나라가 오(吳)나라에게 패하였을 때 오나라에 3년간 인질로 잡혀 있었다. 그 후 석방되어 월나라로 돌아가서 월나라 왕 구천을 도와 각고의 노력으로 부국강

병을 시행하여 결국 오나라를 멸망시켰다. 만년에는 제(齊)나라로 가서 농사를 짓다가 마지막에는 도(陶: 지금의 산둥성 정도현(定陶縣))에 은거하여 이름을 도주공(陶朱公)으로 바꾸고 장사를 하였다.

범려는 지략이 뛰어나고 처세에 능하였으며, 정치와 군사는 물론 상업에 이르기까지 통달한 보기 드문 인재였다. 특히 그와 서시(西施)의 사랑 이야기는 지금까지도 사람들의 입에 오르내릴 정도로 유명하다.

"관우군께서도 아시다시피 범려는 용맹스러운 장수이자 책략가였습니다. 그런데 범려가 중국 역사 속의 무수한 장군들들 제치고 오늘날까지 신으로 숭상받는 이유는 철저한 전략으로 투쟁의 정중동(靜中動)을 조율했으며 상인으로서의 성공을 백성과 더불어 누리는 '덕'에 있었지요."

관우는 범려에 대해 조사하며 알게 된 내용을 머리속에 떠올렸다.

고대에 지금의 절강(浙江)지역에는 오나라와 월나라가 서로 대치하고 있었는데, 춘추시대 후기에 이르러 이 두 나라는 세력을 크게 떨치기 시작하여 상호 간에 전쟁이 잦았다. 이 두 나라 중에서 도읍을 고소(姑蘇: 지금의 강소성 소주시(蘇州市))에 정한 오나라의 국력이 먼저 월나라를 앞섰고, 도읍을 회계(會稽: 지금의 절강성(저장성) 소흥시(紹興市))에 정한 월나라는 오나라에 대항하지 못하고 해마다 오나라에 조공을 바쳐야만 했다. 그러나 구천이 즉위하면서 국력이 점점 강성해진 월나라는 서서히 오나라의 위세에서 벗어나고자 했다.

기원전 494년에 구천은 오나라 왕 부차(夫差)가 절치부심하며 군대를 양성하여 월나라를 칠 기회를 호시탐탐 노리고 있다는 정보를 듣고 매우 불안해하였다. 구천은 앉아서 오나라의 공격을 당하기보다는 오나라의 공격 준비가 끝나기 전에 선제공격하는 것이 좋겠다는 생각을 하고 중신회의를 소집하였다. 이렇게 초조해하는 구천의 마음을 알아차린 대부 범려는 무모한 공격을 하지 말고 자중할 것을 건의하였지만 구천은 그의 말에 한마디도 대꾸를 하지 않았다.

범려는 어릴 때부터 총명하고 풍부한 학식과 경륜을 쌓아 성인의 자질을 가지고 있었지만 세상 사람들은 그의 재능을 알아보지 못했다. 그는 세상을 원망하면서 미련을 버리고 미치광이처럼 강호를 떠돌아다녔다. 월나라의 대부 문종(文種)은 마침 명사(名士)를 찾아다니다가 완현(完縣)에 이르러 범려에 대한 소문을 들었다. 주변 사람들이 모두 그를 미치광이라 했지만 문종은 그러한 범려가 비범한 인물이라 생각하고 그를 직접 찾아가기로 했다. 범려는 문종의 마음을 시험해 보기 위해 처음에는 일부러 그를 회피했지만, 재차 문종이 그를 찾아오자 의관을 갖추고 정성껏 맞았다. 두 사람은 만나자마자 서로 의기투합하여 천하의 대사와 부국강병책을 논하였다. 문종은 범려가 역시 비범한 인물이라는 것을 확인하고 구천에게 그를 천거하였다. 구천도 그러한 범려를 매우 중시하여 곧바로 그를 대부에 임명했다.

그러한 범려가 갑자기 오나라에 대한 공격을 반대하고 나오자 구천으로서는 도무지 이해할 수 없었던 것이다. 범려는 구천이 아무런 대답을 하지 않자 오나라와 월나라의 형세에 대해서 더욱 자세하게 분석하였다.

"오나라 왕 부차는 그의 아버지 합려(闔閭)가 우리에게 피살되자 치욕과 원한 속에 3년간 복수의 칼날을 갈면서 전쟁을 준비해 왔기 때문에 병사들은 용맹하고 세력이 막강합니다. 그런데 만약 우리가 무리하게 공격한다면 틀림없이 힘을 다하지 못할 것입니다. 지금 가장 현명한 선택은 잠시 피하여 방어를 견고히 하면서 때를 기다리는 것입니다."

그러나 구천은 범려의 말을 듣지 않고 정예병 3만 명을 선발하여 오나라를 공격, 부초(夫椒: 태호(太湖)에 있는 산 이름)에서 오나라 군대와 마주쳤다. 그 결과 구천은 대패하여 단지 5000여 명의 군사와 함께 회계산(會稽山: 지금의 절강성 중부)으로 퇴각하였으나 다시 오나라 군대에 포위당하고 말았다. 절망에 빠진 구천은 힘없이 범려를 바라보고 그의 말을 듣지 않은 것을 후회하면서 대책을 강구했다. 이러한 상황에서 범려는 치욕을 감수해서라도 최대한 자신을 낮추고 오나라 왕과 신하들에게 예를 갖추어 뇌물을 바친 다음 천천히 기회를 보아야 한다고 권하였다. 구천은 어쩔 수 없이 문종을 파견하여 오나라에 화의를 청했다. 그러나 문종이 오나라 진영에 갔을 때 오나라의 상국(相國) 오자서(伍子胥)의 강력한 반대에 부딪혀 화의를 성사시키지 못했다. 이를 보고받은 구천은 죽음을 각오하고 오나라와의 마지막 결전을 불사하고자 했지만, 범려와 문종은 그러한 구천을 계속 만류했다. 범려와 문종은 정세를 냉정하게 분석하면서 다른 방법을 모색했다. 결국 그들은 오나라 왕 부차에게 많은 미녀들을 바치고 오나라의 태재(太宰) 백비에게 무수한 금은보화를 바쳐 화의를 끌어내는 데 성공하였다.

기원전 493년 구천과 범려는 부차를 만나 미녀와 보물을 바치고 신하의 예를 갖추었다. 부차는 그들을 석실(石室)에 가두고 말을 기르는 노역을 시켰다. 그리고 부차가 수레를 타고 사냥을 떠날 때마다 구천은 채찍을 들고 부차의 마차를 호위하며 따라다녀야만 했다.

어느 날 부차가 구천과 범려를 불렀다. 부차는 구천을 모시고 있던 범려에게, "현명한 여인은 몰락한 집에 시집가지 않고, 뛰어난 선비는 멸망한 나라에서 벼슬하지 않는다. 지금 구천은 나라를 잃고 노예가 되었는데 그대는 치욕스럽지도 않은가? 그대가 만약 개과천선하여 월나라를 버리고 오나라를 섬긴다면 과인은 그대의 죄를 사면하고 중임을 맡기겠노라."라고 하였다. 구천은 그 말을 듣고 범려가 변절할까 염려하면서 땅에 엎드려 몰래 눈물을 흘렸다.

이때 범려는 완곡하게 사양하면서, "망국의 임금은 정사를 말하지 않고 패전의 장수는 용맹을 말하지 않습니다. 신이 월나라에서 구천을 잘 보좌하지 못하여 대왕께 큰 죄를 지었습니다. 지금 요행히 죽지 않고 오나라에서 말을 기르고 마당을 쓸고 있으니, 신은 이것만으로도 대단히 만족합니다. 어찌 감히 부귀를 넘보겠습니까?"라고 하였다. 부차는 더 이상 강요하지 않고 구천과 범려를 석실로 돌려보내고 부하를 보내어 그들을 감시하게 하였다. 그러나 그들은 오로지 말을 기르고 마당을 쓰는 일에만 열중할 뿐 어떠한 원망이나 불만도 나타내지 않았다. 부차는 그들이 진심으로 항복한 것에 만족하고 그들을 월나라로 돌려보내도 좋겠다는 생각을 했다.

기원전 490년 구천은 오나라에서 3년간 구금되었다가 풀려나 월나라로 돌아갔다. 구천은 회계산에서 당한 치욕을 한시도 잊지 않고 복수를 향한 집념을 불태웠다. 구천은 도읍을 제기에서 회계로 옮기기로 하고 범려에게 새로운 도읍의 건설을 명했다. 범려는 천문과 지형을 살핀 다음 신성을 축조하였다. 밖에 성벽과 성문을 만들면서 서북쪽에 특별히 성문을 하나 더 만들고 오나라에는 조공을 바칠 길을 닦는다고 소문을 내었다. 부차는 그 말을 듣고 대단히 기뻐하였지만, 실제로 그것은 오나라를 신속히 공격하기 위한 군사도로였던 것이다. 구천이 범려에게 월나라를 발전시킬 방법을 묻자 범려는 예리한 주장을 펼쳤다.

"하늘의 운행과 사람의 일은 부단히 변화하기 때문에 방침과 정책을 세워 미리 대처해야 합니다. 만물은 땅에서 소생하고 땅은 모든 것을 받아들입니다. 그것은 만물과 하나가 되어 기르고 있기 때문에 금수와 농작물 등은 대지를 떠날 수 없는 것입니다. 어떠한 만물이라도 땅은 차별 없이 그것들을 자라나게 하고 있으며, 사람들도 그러한 대지에 의존하여 살아가고 있습니다. 그러나 만물의 생장에는 각기 정해진 때가 있는지라, 때가 되지 않았는데 억지로 생장할 수는 없습니다. 사람의 일에 대한 변화도 마찬가지여서 최후의 전환점이 되지 않았는데 억지로 성공할 수는 없는 것입니다. 따라서 자연의 순리에 따라 처세하면서 때가 오기를 기다렸다가 국면을 유리하게 전환시켜야 합니다."

범려는 계속하여 내정 방면에서 월나라를 부흥시킬 정책들을 건의하였다. 그는 백성들을 적극적으로 동원하고 보호하면서 생산력을 강화시켜 부국강병의 길로 나아갈 것을 강조하였다. 그는 구천에게 직접 들에 나가 백성들과 함께 농사를 짓도록 하고, 구천의 부인에게도 직접 베를 짜면서 백성들과 고통을 함께 나눌 것을 권하였다. 그 결과 월나라는 점점 국민 생활이 안정되고 국력도 부강해졌다.

대외관계에 있어서 범려는 약소국에게는 친절하게 대하고 강대국에게는 표면적으로만 유순한 입장을 취할 것을 주장하였다. 그리고 오나라에 대해서도 그들의 힘이 쇠약해질 때를 기다렸다가 일거에 멸망시킨다는 계산을 하고 있었다. 구천은 범려의 제안을 그대로 받아들여 와신상담(臥薪嘗膽)하면서 인재를 등용하고 백성들을 보살피며 군대를 양성하는 일에 조금도 나태함을 보이지 않았다.

범려는 또 직접 민간에서 미녀 서시(西施)와 정단(鄭旦)을 찾아내어 그녀들을 금은보화와 함께 오나라 왕에게 헌상하는 한편, 부차에게 대규모 토목공사를 일으키도록 부추기고 주색에 빠지도록 유혹하였다. 그리고 초(楚), 제(齊), 진(晉)과 연합하여 오나라를 최대한 고립시켰다.

기원전 485년 구천이 월나라로 돌아온 지 5년째 되던 해에 월나라는 국고가 충실해지고 전국토가 개간되어 백성들은 풍요로운 생활을 누릴 수 있게 되었다. 이에 구천은 오나라에 대한 원한을 갚고 회계의 치욕을 씻고자 하였다. 그러나 범려는 아직 때가 무르익지 않았다고 판단하고 좀 더 기다릴 것을 간청하였다.

1년 후에 오나라 왕 부차는 제나라를 공격할 준비를 하였다. 월왕 구천은 여기에서 오나라가 많은 국력을 소모할 수 있기를 기대하면서 직접 많은 예물을 가지고 오나라를 방문하였다. 오나라의 왕과 신하들은 온갖 허세를 부리면서 즐거워하였다. 그러나 오직 오자서만은 사태의 심각성을 인식하고 매우 근심스러워하면서 부차에게 제나라 공격을 포기하고 월나라를 칠 것을 건의했다. 부차는 오자서의 건의를 뿌리치고 마침내 제나라 공격을 감행하여 애릉(艾陵)에서 제나라 군대를 격파하였다. 제나라 공격에서 승리를 거둔 부차는 더욱 기세등등하게 개선하였다. 그는 오자서를 보고 크게 나무랐지만 오자서는 자기 말을 듣지 않으면 3년 내에 오나라가 월나라에게 멸망당할 것이라고 경고하였다. 크게 노한 부차는 오자서에게 보검을 내려 자결을 명하였다. 오자서가 죽은 후 부차는 태재 백비를 더욱 총애하여 오나라 조정은 더욱 부패해졌다.

마침내 17년간 와신상담을 통한 각고의 노력 끝에 구천은 오나라를 공격하여 지난날의 원한과 치욕을 갚고 부차를 고소산(姑蘇山)에서 자결토록 했다. 기원전 473년 구천은 여세를 몰고 북상하여 산동의 서주(徐州)에서 제후를 회맹케 하여 장강(長江), 회하(淮河) 유역 일대까지 세력권을 확대하고 자칭 "패왕(霸王)"으로 일컫기에 이르렀으나, 그 공적은 명신 범려의 보좌에 힘입은 바가 컸다.

범려는 그 공에 의해 상장군(上將軍)에 임명되었다. 그러나 범려는 구천의 인간됨이 환난은 함께할 수 있으나 즐거움은 함께 누릴 수 없는 인물이라는 것을 알고 관직을 버리고 제나라로 갔다. 범려는 성과 이름을 바꾸고 자호를 치이자피라 하여 해안가에서 초막을 짓고 살았다. 두 아들과 함께 황무지를 개간

하여 농사를 짓고 가축을 기르면서 농한기에는 장사도 하였다.

그는 열심히 집안을 돌본 결과 몇 년 사이에 수천금의 부를 쌓았다. 그러고는 자신의 재물을 가난한 사람들을 위해서 사용하여 그 명성을 드높였다. 얼마 후 제나라 왕이 그 명성을 듣고 그를 도성 임치(臨淄)로 초빙하여 상국(相國)에 임명하였다.

범려는 2~3년간 상국의 자리에 있은 후, "집에 있을 때는 천금의 재산을 쌓았고, 관직에 있을 때는 재상의 지위에까지 이르렀다. 자수성가한 평범한 백성에게 있어서 이것은 이미 갈 수 있는 데까지 다 가본 것이다. 그는 고귀한 자리에 너무 오래 머무는 것도 좋지 않은 징조이다."라고 하면서, 관직을 반납하고 재물은 친구와 해안가의 농민들에게 전부 나누어준 다음, 아내 서시(西施)와 두 아들을 데리고 서쪽으로 가서 도(陶: 지금의 산둥성 정도(定陶) 서북쪽)에 은거하였다.

도(陶)는 동으로는 제(齊)·노(魯), 서로는 진(秦)·정(鄭), 북으로는 진(晋)·연(燕), 남으로는 초(楚)·월(越)과 접경을 이루는 무역의 중심지였다. 그는 그곳에서 다시 도주공(陶朱公)이라는 이름으로 무역을 하여 거부가 되어 그 명성을 천하에 떨쳤다. 이후 "도주공"이라는 이름은 부호의 대명사로 사용되었다.

사마천의 사기에서도 범려를 소개할 때 오를 멸망시킨 월나라 상장군으로만 소개한 것이 아니라 '후세 사람이 그를 재신(財神)으로 받들었다'라는 대목이 나온다. 그만큼 범려는 단순한 정치가가 아니라 상업을 크게 일으켜 천하제일의 갑부가 된 경제인이기도 하다. 오늘날 삼국지에 등장하는 관우와 함께 중국인들에게 가장 이상적인 인간상으로 추앙받고 있는 인물이다.

범려가 진정 아름다운 삶을 살았노라고 말하게 하는 데는 스승 귀곡자(鬼谷子)의 가르침이 컸다.

무엇이든 극단적으로 추구하거나 회피하지 않는 도법자연(道法自然)을 설파한 춘추시대 대학자인 귀곡자는 "모든 것은 정점에 이르면 위험에 처하게 된다"라는 자연의 이치를 강조했다. 이런 가르침을 받았기에 삶의 최고점에서 자신의 권부를 털어버릴 수 있었으며 극단으로의 유혹에 빠지지 않을 수 있었으리라.

귀곡자는 또 오늘날의 '사주팔자(四柱八字)'라고 할 때의 '사주(四柱)'를 처음 만들어낸 학자이기도 하다. 이 귀곡자가 전수한 천문지리와 역(易)은 범려가 춘추시대 최고의 책사이자 상인이 되는 밑바탕이 됐다는 평가인데 오늘날로 따진다면 시대와 환경에 대한 깊은 통찰력과 이를 통한 앞날에 대한 예지력이었다. 사물과 인심의 흐름을 세밀히 관찰하고 이에 부합하는 책략을 펴고 이에 맞게 처신했기에 가능했을 것이다.

이처럼 범려의 극단으로 치우치지 않는 합리성, 균형 잡힌 사고는 그의 애민사상과 이어진다. 범려는 전쟁을 진두지휘하면서도 상업을 통해 막대한 부를 축적하였고 그 과정에서 백성을 위하는 길을 찾으려 노력했다. 범려의 이러한 점은 '부와 권력이 진정으로 백성들을 위할 줄 알 때 영원한 위대함으로 남을 수 있다'라는 사실을 보여준다. 이러한 애민사상이 중국인들이 범려를 그토록 이상적인 인물로 추앙하는 근저였다.

"저희 선대는 식당 운영에서 얻는 이익을 어려운 처지의 사람들에게 나누는 방법을 고심하셨습니다. 도성에서 떨어진 빈민촌에 음식을 무상으로 제공하는가 하면 전쟁 시에는 목숨을 바쳐 싸우는 장수들을 위해 전장의 음식을 공수하는 데 앞장섰습니다. 그러다 보니 저희를 해하려는 권력이 있으면 그보다 더 높은 자리에 있는 권세가가 앞서 저희를 보살폈고 저희가 운영에 어려움이 있어 문을 닫을 때에는 손님들이 멀리서 찾아와 음식값보다 몇 배의 돈을 상에 놓고 가는 경우가 많았습니다. 따라서 왕가의 성공을 말할 때 사람들은 떠올리는 한 구절이 있어요."

"아 왕사부께서 무슨 말씀을 하시려는지 짐작이 갑니다. 논어 이인 편에 이런 말이 나오지요. 덕은 외롭지 않으니 반드시 따르는 자가 있다(德不孤 必有隣)."

"예, 맞습니다. 저희 식당에서 판 것 중에서 힘으로 해할 수 없고 돈으로도 살 수 없었던 최상의 가치는 덕이었습니다."

"아 그래서 전상덕(戰商德)의 가르침이 필요했군요."

"조리실에서 분투하고 식당 운영에까지 활용되는 이 석 자는 왕가 요리사들에게도 가장 어려운 과제였습니다. 그런데 세 분은 저희들의 노력이 무색할 정도로 아주 빨리 찾으셨네요."

"아닙니다. 저희도 이 3절을 찾기 위해 얼마나 고민했는데요. 이 세 글자 때문에 그 고생을 했었나 생각하니 시험답안지를 걷어간 다음 교실에 남아 있는 것처럼 허무해지네요."

"관우 군, 이제 5절 중 3절까지 찾으셨습니다. 아직 전과목 시험 중 절반을 마친 격인데 벌써 늘어지시면 어떡합니까? 자~ 힘내시고 3절을 찾으신 것도 축하할 겸 제가 거나하게 한잔 사겠습니다. 북해공원 뒤편으로 호수가 흐르는 조용한 지점에 〈공을기주가〉라는 식당이 있습니다. 이번 일요일 저녁 거기서 뵙도록 하지요."

"예, 저희도 그동안 긴장도 풀 겸, 오랜만에 술 한잔 하고 싶네요."

"제갈공께는 제가 연락하겠습니다. 아 참! 그리고 4절을 풀어 주실 또 한 분을 만나시게 될 겁니다."

"예? 또 삼자경입니까?"

"허허허… 많이 지치셨군요. 그렇지만 이번에는 마음을 가볍게 비우셔도 됩니다. 세상의 모든 일이 어렵기만 하다면 어디 사람 살맛이 나겠습니까? 이번에는 고민을 같이 풀어줄 친구를 만나게 될 테니까요. 인생의 좋은 벗 말씀입니다."

"좋은 벗이라고요…"

관우는 그날 오랜만에 편안한 마음으로 잠자리에 들었다.

막강 요리팀을
지휘하는 리더십

일요일 저녁 세 사람은 왕사부가 말했던 〈공을기주가〉를 찾아갔다. 왕사부와 도장 장인이 먼저 와서 현관으로 들어오는 나를 큰 소리로 부르고 반갑게 맞아주었다.

제갈공도 왕사부에게 세 사람이 3절을 찾아냈다는 소식을 들었는지 보자마자 수고했다며 어깨를 두드렸다. 선생님이 어린 제자를 격려하는 듯한 목소리와 자상함이었다. 바깥 날씨가 쌀쌀해서인지 웃으며 맞아주는 두 사람을 보자 마음 깊은 곳에 화롯불을 피운 것처럼 따뜻해지고 움츠렸던 몸이 스스르 풀려왔다.

"저희들이 왕사부님의 식당으로 찾아가도 됐었는데요."

유비가 두 스승을 보고 공손히 인사하며 말했다.

왕사부가 손을 저으며 대답했다.

"아닙니다. 저희들도 요리로는 일류를 자랑하지만 절강지역 요리는 북경에서 <공을기주가>를 따라갈 곳이 없습니다."

"여기는 요리맛도 요리맛이지만 분위기가 으뜸이지…"

제갈공이 주변을 쭉 둘러보자 세 사람도 그의 시선을 좇아 몸을 돌려서 현관에서부터 커다란 원을 그리며 식당 내부를 돌아보았다.

식당 한편에는 나무로 만든 아담한 정자가 있었는데 그 주위를 시내가 흐르며 맑은 물 소리를 내고 있었다. 정자와 테이블로 이어지는 복도는 자갈이 깔려 있어 시골길을 따라 집으로 들어가는 기분을 느끼게 했다. 그리고 한편에는 작가 노신의 흉상도 보였다. 그러고 보니 식당의 이름이 노신의 소설 <공을기>와 연관이 있는 듯싶었다.

"어이 자네, 저기 정자 보이나?"

제갈공이 관우를 보며 물었다.

"정원 가운데 있는 정자 말씀이십니까?"

"맞네, 거기 적힌 현판도 보이는가?"

"난정(蘭亭)이라고 적힌 것 같은데…"

"허허 제법 아는군. 내 마음에 연못을 내고 정자를 지으라면 아마 저 모양과 이름으로 지었을 거네. 노신의 고향이 소흥이라는 거 알지? 내 꿈이 나이가 더 들면 소박하고 평화로운 소흥의 전원에 아름다운 집 한 채 짓고 시간을 보내는 거라네. 소흥이라는 곳은 항주와 불과 70km 밖에 떨어져 있지 않은 토양이 비옥한 양쯔강 남쪽의 절강성에 자리한 아주 조용하고 소박한 시골마을이야. 그 고요함 속에는 한 시대를 풍미한 학자와 작가들의 고택이 곳곳에 남아 있지."

왕사부가 제갈공의 말을 이었다.

"소흥에 처음 가본 때는 제가 7살 되던 해였습니다. 할아버지 손을 잡고 소풍 가는 기분으로 따라나섰지요. 제가 글을 처음 붓을 잡게 된 그해 할아버지께서 보여줄 곳이 있다며 데리고 가신 곳이 바로 소흥에 있는 난정서예박물관(蘭亭書法博物館)입니다. 왕희지의 작품이 전시되어 있는 그곳은 서예가나 각인을 하는 이들에게는 일종의 순례지 같은 곳입니다.

소흥에서 남서쪽 12.5킬로미터 정도를 더 가면 난주산에 닿게 되는데 그 산자락에는 유명한 정자인 난정(蘭亭)이 있습니다. 4세기 무렵 유명한 서예가인 왕희지를 비롯하여 중국의 예술가들이 술을 마시면서 시를 읊조리는 놀이를 즐겼는데, 그 시작이 바로 이곳 난정이었다고 하지요.

　낭만적인 시인들은 작은 술잔에 술을 따라 시냇물에 띄우고 흘러가게 했답니다. 그 술잔이 멈추는 곳에 앉은 사람은 시를 짓거나 벌주를 마셔야 했지요. 술이 거나하게 취하고 풍경과 음악이 흥을 돋운 어느 날에는 그 자리에 함께한 시인들이 단번에 주옥과 같은 37수의 시를 지어냈고 왕희지는 이 작품들을 정성들여 기록하고 한 권의 시선집을 편찬한 후 서문을 남겼는데 그 문장이 지금도 명문으로 널리 회자되는《난정집서(蘭亭集書)》입니다."

　정자에 대한 이야기를 나누는 동안 주문한 요리들이 나왔다.

　유비는 생전 처음 보는 요리들이 나오자 세심하게 젓가락으로 한 입 한 입 맛을 보았다.

　야채볶음과 민물생선찜, 두부요리들이 차례대로 올라왔는데 이전에 맛보았던 중국요리들과는 달리 튀기거나 볶지 않고 쪄내는 조리법을 이용하여 느끼하지 않았다. 그리고 단맛이 강했으며 목으로 넘기는 순간 은은하면서도 오묘한 향이 입안을 감돌았다.

"나는 절강요리는 밋밋해서 그다지…"

화북지역 태생인 제갈공이 절강요리에 대해서는 만족하지 못하는 표정을 보이자 왕사부가 바로 말을 이었다.

"북방지역 사람들은 어렸을 때부터 맵고 짠 음식에 입맛이 길들여져 그렇지 절강요리는 천천히 음미해 보면 아주 괜찮은 맛이지요. 왜 예로부터 잘 사는 지역에는 천하일미와 천하절색이 많다는 이야기가 있지 않습니까. 양쯔강이 젖줄처럼 흐르는 절강지역에는 토지가 비옥해서 벼도 2모작이 가능할 뿐만 아니라 계절 과일과 야채도 풍부해서 계절마다 별미의 요리들을 만들어낼 수 있었지. 특히 절강요리는 민물생선과 돼지고기, 어패류, 콩류를 많이 사용하는데 요리 색도 산뜻하고 맛이 은은해서 한번 맛을 들이면 쉽게 잊히지 않는 요리들로 꼽힙니다."

팽팽한 설전을 벌이던 제갈공과 왕사부의 젓가락이 조그마한 한 접시 위에서 교차되었다.

"공께서 먼저 집으시지요.'"

"아닐세. 이러한 별미를 요리도 모르는 내가 어찌. 왕사부께서 먼저…"

서로 티격태격하며 젓가락으로 집는 그 요리는 한 접시의 주름잡힌 콩 볶음이었다.

그 사이에 말 한마디 없이 우적우적 접시를 비워가던 장비가 젓가락을 집어 볶은 콩 한 개를 슬쩍 집어먹었다.

그러자 젓가락 싸움을 하던 두 사람은 물끄러미 장비를 바라보더니

"우리가 고수를 몰라봤구먼" 하며 껄껄 웃었다.

절강요리의 대표격인 회향두의 상큼한 향이 입안에 돌았다.

회향두란 잠두(蠶豆)를 물에 푹 불려 팔각, 계피, 소금을 넣고 물을 약간 부어 조려낸 간단한 요리였다.

제갈공이 회향두에 대해 이야기를 풀어나갔다.

"중국의 문학가 노신의 소설《공을기》에서 여러 번 회향두를 언급하여 작품이 유명해지자 회향두 요리도 유명해지게 되었다네. 작품의 주인공인 공을기는 청말 몰락해 가는 지식인의 전형적인 인물이야. 무능력한 주정뱅이 학자가 주머니에 한 푼 가진 것 없이 함형이라는 식당에 들어가 소흥주와 회향두를 시켜 먹는 장면이 나오는데, 그의 소설이 유명해지자 노신의 옛집 옆에는 '함형주점(咸亨酒店)'이 문을 열게 되었지."

물 한 모금으로 목을 축이는 제갈공 대신 왕사부가 말을 이었다.

"지금도 소흥을 찾은 관광객들은 노신기념관을 참관한 후 '

함형주점(咸亨酒店)'에 들러 술 한 사발과 회향두 한 접시를 시켜놓고 소설의 주인공 공을기의 생활을 재현해 봅니다. 그리고 북경에는 노신의 소설에 나오는 식당의 내부 장식에서부터 가구까지 그대로 재현하여 함형주점의 분위기를 간직한 식당이 있는데 바로 여기 공을기주가(孔乙記酒家)인 것이지요. 지금 여기 다른 테이블에 있는 사람들도 바로 술 한 모금에 회향두 한 개, 이 맛을 즐기기 위해 앉아 있는 겁니다."

조용히 앉아 있던 장비가 술 한 모금에 회향두 한 개를 집어 먹으며 공을기의 흉내를 내자 두 사람은 어이가 없었던지 웃음을 멈추지 않았다.

"이 정도면 세 사람 그 동안 쌓였던 스트레스가 조금 풀렸겠지?"

제갈공이 왕사부에게 눈짓을 보냈다. 그러자 왕사부는 주방으로 가더니 지긋이 나이가 든 여인과 함께 테이블로 돌아왔다.

"저희 숙모님이십니다. 절강지역에서 내려오는 전통 소흥주의 양조법을 보존해 가시는 분입니다. 강남에서 유명한 절세미인이셨는데 어렸을 때 저희 집으로 시집을 오셔서 고생 많이 하셨지요."

드디어 삼자경의 4절이 시작되는 것이다. 세 사람은 다시 긴장하지 않을 수 없었다.

테이블에는 다섯 개의 술 항아리가 올라왔다.

"이 식당은 외국 분들도 많이 찾으시는데 저는 꼭 한번 중국 술을 마셔 보기를 권합니다. 말이 통하지 않는 사람들끼리도 술 몇 잔을 주고받다 보면 거리감이 사라지고 마음과 마음이 통하는 법이니까요. 맛있는 요리를 즐기는 가운데 술이 다섯 잔 이상 오가게 되면 사람들은 서로 허물없이 마음속의 이야기를 주고받게 된답니다."

조용하고 부드러운 목소리로 이야기하며 왕사부의 숙모는 첫 번째 항아리를 열었다. 손길이 의식을 준비하는 것처럼 조심스러웠다.

"《상서(尙書)》의 〈주고(酒誥)〉에 보면 주나라의 주공(周公)은 술을 하늘(上帝)이 사람들에게 마시라고 만든 것이 아니라 제사 때 사용하라고 만들었다고 가르칩니다. 술은 단순한 음료가 아니라 신과 하늘을 잇는 매개물이라는 의미이죠. 술이 백성들에게 전해지게 되자 술을 권하는 행위는 일상에서 하나의 의식과 예의가 되었다. 귀한 손님을 초대하여 요리가 나올 때마다 술잔을 채우는데 이는 억지로 권하는 법은 없답니다. 단지 마음속의 정성을 맑은 술에 담아 손님의 빈 잔을 채우는 것이랍니다."

왕사부는 잔을 한 사람 한 사람에게 돌리며 술에 대해 설명했다.

관우도 이전 아버지를 따라 중국을 여행할 때 절강지역에서 맛본 적이 있었다. 백주는 알코올 도수가 40도가 넘는 것이 많은 반면 찹쌀을 주로 써서 누룩과 약재를 넣은 후 당화(糖化) 과정을 거쳐 발효된 밑술을 압착해서 만드는 '황주(黃酒)'는 알코올 도수가 16~18도로 몸에도 별다른 무리를 주지 않고 요리의 향을 살리며 생선의 비린내를 없애는 데도 사용된다. 그중에서도 가장 이름난 술이 바로 소흥지방에서 만들어지는 소흥주(紹興酒)이다.

"첫잔은 원홍주(元紅酒)입니다 장원주(將元酒)라도고 하는데 옛날부터 술을 담는 항아리에 붉은 칠을 했다고 해서 붙여진 이름입니다. 오래 발효된 술일수록 귀한 손님에게 대접할 때 내놓게 되는데 떠나는 사람과 다음 만남을 기약하기 위해 술을 담그는 경우도 있답니다. 십년이 되어도 잊지 않고 찾을 수 있는 친구에게는 10년 동안 보관해 온 술을 대접하는 것입니다. 사귐이 오랠수록 믿음(信)은 깊어가고 그 시간만큼 술은 진한 갈색을 띠며 깊은 향을 머금게 되지요."

유비는 호박색이 은은히 감도는 술을 잠시 바라보며 한 모금을 마셨다. 알코올 도수가 16도 정도라고 하니 부담 없이 넘길 수 있었다.

술렁이는 파도에 올라타듯 첫 잔이 돌자 숙모는 다시 두 번째 항아리를 열었다.

"가반주(加飯酒)입니다. 원홍주보다 찹쌀을 10퍼센트 정도 더 넣는 대신 물을 적게 넣는 데서 비롯된 이름입니다. 소홍주 중에서도 상급으로 원홍주보다 당도와 알코올 도수가 약 2도 정도 높습니다. 전국 술 품평회에서도 수차례 수상했는데 애주가들이 가장 즐겨 마시는 술이며 저희 식당에서도 제일 많이 팔리는 술이기도 합니다."

왕사부는 약간 데워 마시면 맛과 향이 더욱 좋다며 종업원에게 데워달라고 부탁했다.

관우도 한 모금을 입에 담고 천천히 넘겼다. 시중에 파는 드라이 와인과 맛이 흡사했다.

"가반주를 여러 해 묵히면 화조주(花雕酒)가 되는데 절강성 민간에서는 딸을 낳으면 술을 빚어 항아리에 봉해 두었다가 딸이 시집가는 날 꺼내 마십니다. 그것이 화조주 중에서도 가장 고급스러운 여아홍(女兒紅)이며 어머니가 딸을 키우는 정성(誠)으로 빚어내는 술입니다.

세 번째는 향설주(香雪酒)입니다. 밥 감주에 황주 지게미를 찐 증류수를 물 대신 넣고 발효시켜 빚은 술이지요. 당도와 알코올 도수가 18~20도 정도이며 소흥주 중에서도 상급으로 칩니다."

제갈공은 이 술에 사이다를 타서 마시면 맛이 더욱 좋다고 하며 말을 이었다.

"자~ 이제 술을 한 모금씩 맛보았으니 숙모, 이제 본격적인 이야기를 풀어 보시죠."

숙모는 온화한 표정으로 비어 있는 술잔에 술을 채우며 입을 열었다.

"술을 담고 발효시키는 과정에는 믿음과 정성이 담기기 때문에 서로의 술잔을 채우고 나누어 마시다 보면 자연스럽게 마음이 이어지고 사귐이 오래가게 됩니다. '신(信)'이라는 글자는 사람 인(人) 변과 말씀 언(言)으로 이루어진 글자로 말은 조심히 하되 약속을 잊지 않고 기억한다는 의미입니다. 그리고 '성(誠)' 자는 말씀 언(言)과 이룰 성(成) 자로 약속을 행동으로 옮김으로써 상대에 대한 믿음을 실천하는 것을 의미하지요. 이것을 사람에 대한 정성이라고 하지요."

왕사부는 숙모를 도와 테이블에 비어 있는 잔을 모두 채웠다.

왕사부는 세 사람에게 멀리 이국까지 날아와 삼자경을 찾기 위해 애쓰는 것과 지금까지 잘 찾아낸 것을 축하한다고 말하며 건배를 정중하게 요청했다.

"한자의 건배(乾杯)는 말 그대로 술잔의 술을 한 방울도 남김 없이 비운다는 뜻입니다."

왕사부는 말을 하면서 자신의 잔을 가장 낮추어 들었다.

"건배를 권하는 사람은 잔을 들 때 항상 손윗 사람이나 존중하는 사람들보다 낮게 들어야 합니다. 이는 상대를 향한 겸양(謙)의 표시이기도 하지요."

왕사부의 건배 제의에 자리에 있는 사람들이 앞에 놓인 잔을 모두 비웠다.

"이 잔을 통해 삼자경의 4절은 밝혀진 셈입니다."

호탕하게 술 한 잔을 비운 왕사부가 이야기를 하려 하자. 제갈공이 술을 따르며 말렸다.

"자자~ 머리 아프게 삼자경 이야기는 그만하고 술이나 마시지. 이백이 장진주(將進酒)에 적었지. '옛날의 성인은 쓸쓸히 사라져 갔어도 술을 즐긴 자는 그 이름이 전하여 온다오(古來聖賢皆寂寞, 惟有飲者留其名)'

한번 마시면 3백 잔은 마셔야 된다는 이백의 경지까지는 못 되더라도 좋은 술과 향긋한 요리와 좋은 사람이 있으니 오늘은 술과 함께 만고의 시름을 떨쳐버리게."

신(信), 성(誠), 겸(謙)이라.

유비는 조용히 세 글자를 되뇌었다. 어렸을 때부터 주방에서
자라 손님 접대에 어색하고 힘들어했던 자신이 그림처럼 떠올
랐다. 술 한잔 속에 사람들과의 관계를 풀 수 있는 지혜가 숨겨
져 있다니… 유비는 그날의 이야기를 잊지 않기 위해 작은 항아
리에 은은하고 향긋한 소흥주를 담아 돌아왔다.

다음 날 아침. 소흥주 다섯 항아리를 다 비워서 그 자리에 모
인 사람들 모두 기억이 가물가물했다. 단지 주량이 센 장비만이
헤어지며 제갈공이 말한 마지막 말을 기억해 내었다.

제갈공께서 무슨 '도구' 이야기를 한 것 같은데…

다섯 번째 소흥주 항아리의 밑바닥을 본 것이 그날 관우의 마
지막 기억이었다. 술 마신 다음 날은 뒷탈이 심한 편이었는데
소흥주 때문인지 의외로 속이 편하고 그날 먹었던 요리들도 가
볍게 소화된 듯싶었다. 이제 마지막 한 절이 남았다고 생각하니
관우는 시간을 더 늦출 수가 없었다. 어쩌면 예상했던 한 달보
다 빨리 삼자경을 완성시킬 수도 있었기 때문이다.

일인자가 지켜야 할 경계

세 사람은 날이 밝자 제갈공을 만나러 유리창으로 찾아갔다 이번에는 인력거를 타지 않고 걸어 들어갔다. 길 곳곳에 있는 골동품점에 들어가 이제까지 알아낸 삼자경 글자의 목각을 찾아냈고 끈으로 하나하나 엮어내니 열두 목각이 이어진 어엿한 한 권(券)의 책(策)이 되었다. 완성되어 가는 삼자경을 둘둘 말아 품속에 넣으니 세 사람은 밥을 먹지 않아도 배가 부른 것 같았다.

승보재는 문을 열고 닫을 때 삐걱거리는 소리가 요란한데도 제갈공은 손님이 들어오는지도 모르고 두꺼운 돋보기를 낀 채

각인에 몰입하고 있었다. 세 사람은 그의 작업을 방해하기 미안하여 진열되어 있는 골동품을 둘러보기로 했다.

"어허 세 장수들이 오셨구먼."

각인을 하던 제갈공이 세 사람을 발견하고 반가운 미소를 지었다.

"오늘은 일진이 안 좋은지 손님도 뜸하고 칼도 마음대로 들지가 않네. 안 그래도 칼을 갈러 갈 참이었는데. 같이 가려나?"

세 사람이 제갈공을 따라간 곳은 골목 깊숙이 자리한 허름한 대장간이었다. 철제 냄비에서부터 시작해서 도마, 프라이팬, 자전거 부품들이 여기저기 널려 있었는데 특히 칼은 무술영화에 나올 듯한 장검에서부터 식칼, 과일칼, 조각칼에 이르기까지 세상에 있는 모든 종류의 칼이 있는 것 같았다. 지금도 이런 대장간이 있다니. 세 사람은 전설의 고향 속으로 들어온 듯한 기분이었다.

"이 가게가 보기엔 허술해 보여도 유리창에서는 역사가 가장 오래된 대장간이야. 유리창이 처음 생겨난 명나라 때부터 문을 열었으니 지금까지 500년이라는 시간 동안 이곳을 지켜왔지. 이곳은 원래 황실에 찬기와 식도(食刀)를 납품했는데 지금은 양유기라는 주인이 명맥을 잇고 있어. 우리끼리는 양궁수라고 부른다네. 이 작자는 하나의 용구를 만들 때 어찌나 정성을 들이는지 다량을 만들어 파는 법은 없으되 한번 사면 평생을 쓸 수 있을 정도로 제대로 만들어내는 사람이야. 이 조각칼도 양궁수의 손을 거쳐 만들어진 것인데 쓰면 쓸수록 손맛이 가미되어 나도 10년째 이 칼 하나를 쓰고 있다네."

"어이~ 영보재 나으리 오셨구먼."

"양궁수도 잘 계셨습니까… 날씨가 좀 습해서 그런지 칼날이 잘 들지 않네요. 손 좀 봐주시오."

"웬만하면 물건도 좀 팔아주는 셈 치고 새로 하나 장만하지 그래. 자네 부친도 칼 하나로 20년을 쓰더니 그 아버지에 그 아들이로군…"

"그러게 제가 어릴 때 여러 개 파시지 그랬어요. 기술이 부족한 자가 연장 탓만 한다며 한 사람에게는 하나의 연장이면 충분하다고 돌려보낸 사람이 누군데요."

"허허 내가 그랬나?"

"그럼 당신은 됐고. 어디 옆에 계신 젊은 양반들한테나 한번 팔아볼까? 뭐해 먹고사는 사람들이우?"

제갈공은 유비를 앞세워 한국에서 건너온 요리사 청년이라고 소개하며 왕사부와의 인연과 삼자경에 대해서도 간단히 이야기를 했다.

"아~ 왜 전에도 한국에서 온 한 청년이 우리 가게에 찾아와 칼 한 자루를 만들어 간 적이 있었지. 그게 벌써 30년 전인가…?"

유비는 그 사내가 바로 자신의 아버지라는 것을 육감적으로 알 수 있었다.

제갈공이 유비의 마음을 읽었는지 대신 대답했다.

"이 요리사 청년이 바로 그 사내의 아들이라네. 벌써 이렇게 장성해서 여기를 다시 찾아올 줄이야. 허허허."

양궁수는 한참 동안 유비의 눈 코 입을 하나하나 뜯어보더니 밝게 웃으며 입을 열었다.

"오늘 반가운 손님이 찾아올 걸 알아서 그랬나? 오랫동안 손을 놓고 있었던 물건이 오늘따라 생각이 나더라고. 요리하는 사람이라니 재미있는 이야기 하나 들려줘야겠네."

하며 만들고 있던 활과 화살을 보여주었다.

"관우군 양궁수의 이야기를 잘 듣게나. 어쩌면 자네들이 오늘 마지막 숙제를 풀게 될지도 모르니까 말일세."

제갈공은 평온한 미소를 지으며 관우의 어깨를 두드렸다.

양유기는 어릴 때부터 활쏘기에 특별한 재능을 보였다. 다섯 살 때 자신의 키를 넘는 활과 화살을 처음 잡아본 그는 일곱 살에 마당에 심어진 감나무 열매를 명중시키더니 열다섯 살이 되는 해에 백보 밖에 있는 버드나무 잎을 쏘아 백발백중으로 맞혔다. 동네 사람들은 그 아이를 활쏘기 신동이라 불렀다.

어느 3월 양유기는 화창한 봄날 동네 산에 올라가 날아가는 새를 향해 조준하여 보기 좋게 명중시켰다. 그러자 지나가던 한 과객이 걸음을 멈추고 활쏘기 하는 어린아이를 세심히 바라보았다.

"재주는 훌륭하나 재주로 인해 목숨을 잃을 상이군. 쯧쯧 쯧…"

그 사내는 애석한 표정으로 고개를 저으며 가던 길을 걸어갔다.

양유기는 과객이 자신의 실력을 무시하는 것 같아 화가 났다. 활쏘기는 적을 무찌르고 자신을 지키는 무술인데 자신의 재주로 인해 목숨을 잃게 된다니. 멀리서 지나가는 과객을 향해 양유기는 힘껏 소리쳐 말했다.

"내 활 솜씨는 백보 밖의 나뭇잎도 백발백중 시킬 수 있는 실력이오. 그런데 그 재주로 인해 죽게 된다니 그게 무슨 뚱딴지 같은 말이오?"

그러자 과객은 양유기 쪽은 쳐다보지도 않고 가던 길을 계속 가며 이렇게 말했다.

"당신뿐만 아니라 모든 사람은 하늘이 내려준 재주 하나씩을 가지고 태어나는 법이오. 당신은 운이 좋게 그 재주를 일찍 발견했을 뿐이고. 그러나 당신이 버들잎을 백번 쏘아 백번 명중시킨다 할지라도 오늘처럼 자신을 과신하고 함부로 재주를 뽐낸다면 언젠가는 자신의 쏜 화살이 자신을 향해 날아오는 순간을 피하지 못하게 될 것이오. 시위를 당기기 전 때를 가려서 쏠 만큼만 쏘는 것. 그리고 자신을 살리는 화살은 언제 어디서나 단 하나뿐이라는 궁도(弓道)를 명심하오."

양유기는 떠나가는 과객의 뒷모습을 멍하니 바라볼 뿐이었다.

그날 양유기는 깨달은 바가 있어 과객을 찾아가 스승으로 모시고 본격적으로 궁도를 연마하기 시작했다.

스승은 활대를 잡는 법, 활시위를 당기는 법에 앞서 굳건하게 자신의 몸을 지탱할 수 있는 반석 같은 다리를 만드는 법, 제대로 호흡하고 걷는 법 등의 기초체력을 다지게 했다.

"훌륭한 궁수는 아래와 같은 다섯 가지 마음(弓道)을 가져야 한다.

우선 신체(身體)를 건강히 하고 적합한 궁구(弓具)를 마련한 후 기예(技藝)를 익힌다. 활을 쏘아도 적중시키지 못한다면 마음가짐을 다시 살펴야 한다.

둘째, 일단 궁구를 잡으면 심기를 집중하고 사심을 버리며 활을 쏜다는 집착을 버리고 정신이 바로 한 개의 화살이 되어 내면으로부터 그 기운을 이끌어내어 과녁을 향해 쏘아야 한다.

셋째, 활쏘기는 일종의 기술일 뿐이다. 기술에 대한 연마(硏磨)와 수덕(修德)이 겸비될 때 참된 실력을 터득할 수 있다.

넷째, 활쏘기의 정신은 일상의 모든 원리를 일관한다. 경거망동하지 않고 마음가짐을 단정히 하여 일상에 임한다.

다섯째, 장유유서의 예로써 웃어른을 공경하며 아랫사람에게는 모범이 된다.

양유기의 활솜씨는 스승의 가르침을 받고 일취월장해 갔다. 어느 날 스승은 양유기를 불러 하산하도록 명하며 조용히 마지막 가르침을 전수해 주었다.

"유기야, 너의 실력이 이미 스승인 나를 넘었으니 이제 마지막 관문인 궁도 9계(弓道九戒)를 이야기할 차례이구나.

자신의 재능을 발견하고 시작하는 것은 중요하나 처음부터 뛰어난 자는 없느니라. 시작해서 어려움에 처하고 실패를 거울삼아 어려움을 하나씩 이겨내는 과정에서 기술은 체득될 것이며 그 기술을 자신과 일체화하기 위해 끊임없이 노력하는 것이 중요한 것이다.

그러나 아무리 건장한 체력(體力)과 훌륭한 궁구(弓具), 뛰어난 기예(技藝)가 있어도 마음가짐이 일치되지 않는 궁수(弓手)는 생명력이 얼마 안 가 다하는 법이야. 훌륭한 궁수가 되기 위해 마음 깊이 새겨야 할 아홉 가지 계훈(戒訓)이 있으니 이를 명심하기 바란다.

하나, 활을 쏠 때 말을 하지 않는다. 習射無言

둘, 마음과 몸을 항상 바르게 한다. 心身恒齊

셋, 타인의 활을 당기지 않는다. 莫彎他弓

넷, 이긴 사람을 원망하지 않는다. 不怨勝者

다섯, 행실을 신중히 하고 절제한다. 自重節操

여섯, 청렴결백하고 과감하며 용감하게 행동한다. 兼直果敢

일곱, 성실하고 겸손하게 행한다. 誠實謙遜

여덟, 예의범절을 엄격히 준수한다. 禮儀嚴守

아홉, 사랑과 덕행으로 본을 보인다. 仁愛德行

기억하거라. 자신의 재주를 뽐내기 위해 섣불리 남에게 활시위를 당기다가 상대가 쏜 화살에 목숨을 잃는 최후를 맞게 된다는 사실을. 궁수에게 중요한 것은 시위를 당길 때와 당기지 않을 때를 정확히 구분하는 것이다. 체(體)의 기반에 계(戒)로 절제된다면 어느 순간 정신과 육체가 혼연일체 되는 기쁨을 만끽할 것이며 궁술이 물 흐르듯 자연스럽게 받아들여질 것이다.”

동네 언덕에 올라 버들잎을 쏘고 새사냥을 하며 소요하던 양유기는 참 스승을 만나 명궁수로 다시 태어났고 그 이름을 중국일대에 날리게 되었다.

이야기에 빠져 한참 동안 듣고 있던 관우는 머리에 섬광처럼 스쳐 지나는 글자가 있었다. 관우는 옆에 서 있는 제갈공을 바라봤다.

“그렇다면 삼자경 마지막 5절은 체(體)와 계(戒) 맞습니까?”

양궁수는 껄껄걸 웃고는 이야기를 하며 손으로 다듬어낸 활과 화살을 기념하라며 세 사람에게 선물로 주었다.

제갈공은 가지고 간 조각칼을 양궁수에게 부탁하고 세 청년을 대리고 승보재로 돌아갔다. 관우는 삼자경의 마지막 장에서 이야기하려는 메시지가 무엇인지 곰곰이 생각하며 걸었다.

‘서양의 음악용어에서도 ‘마 논 탄토(Ma Non Tanto)’라는 말이 있다. 풀이하자면 '그러나 지나치지 않게'라는 뜻이다. 체(體)와 계(戒)라는 말은 요리사에게 어떤 가르침을 주었을까?'

승보재로 돌아온 제갈공은 고서 꾸러미에서 논어를 찾아내어 〈선진편 先進篇〉을 폈다.

"자네들 '과유불급(過猶不及)'이라는 말 들어봤지? 논어에서도 지나침의 위험성을 경고했다네."

1. 혜이불비 (惠而不費)

- 상대를 이롭게 하되 비용의 소모를 경계한다

2. 노이불원 (勞而不怨)

- 노무를 분담하되 부하의 원성을 경계한다

3. 욕이불탐 (欲而不貪)

- 목표는 뚜렷하되 과욕을 경계한다.

4. 태이불오 (泰而不傲)

- 적극적으로 추진하되 오만한 태도나 과장됨을 경계한다

5. 위이불맹 (威而不猛)

- 위엄과 지도력을 갖추되 포악함을 경계한다

관우는 아직 삼자경 5절의 체(體), 계(戒)라는 두 글자의 의미

가 애매하여 제갈공에게 물었다.

"사람은 모두 태어날 때부터 특별한 재능 한 가지는 타고난 다네. 그러나 그 재능을 발견하고 이를 배가시켜 줄 도구를 찾아내는 것은 참으로 어려운 일이야. 옛말에 십년마일검(十年磨一劍)이라고 했네. 십 년 동안 한 자루의 칼을 정성스레 다듬는 다는 뜻이지. 사람은 자신의 능력을 발휘할 수 있는 도구를 선택하여 정성스럽게 다듬고 시간을 두고 연마하는 과정에서 재능과 행동과 의지가 완전히 하나되는 혼연일체(渾然一體)의 경지에 이르는 법이지. 이런 경지에 도달해야만이 자신도 살리고 남도 살리는 진정한 실력자가 되는 것이라네."

"그럼 계(戒)는 어떤 의미입니까?"

모처럼 심각한 표정으로 듣고 있던 장비가 제갈공에게 물었다.

"양궁수가 한 말 중에 이런 말이 있었지. 시위를 당기기 전 때를 가려서 쏠 만큼만 쏘는 것 그리고 자신을 살리는 화살은 언제 어디서나 단 하나뿐이라는 궁도(弓道)를 명심하라던. 이는 자신의 실력에 대한 경계를 의미하네."

"양궁수의 말은 이해를 했습니다만 이 뜻이 요리사인 왕가의 후손들에게는 어떤 가르침이 되었습니까?"

유비는 그 점이 궁금했다.

"왕가의 후손들 중에 재능과 실력이 뛰어난 후계자들이 여럿 배출되어 지금까지 그 전통을 이어오고 있다네. 다른 요리 명가들도 왕가네 만큼 실력이 출중한 후손들이 많았지만 그들 간의 실력 다툼, 세력 다툼이 집안싸움으로 번져 요리의 맥이 끊긴 가문이 대다수였네. 왕가네가 지속적으로 발전할 수 있는 근간이 바로 삼자경의 마지막 가르침이었지."

세 사람은 기쁨에 들떠 숙소로 돌아왔다. 삼자경 5절 15자 중 이제 남은 것은 마지막 한 글자였다. 그날부터 관우는 마지막 한자를 찾아내기 위해 밤을 새워 자료를 뒤지고 하루도 빠짐없이 유리창에 들러 골동품 가게를 이잡듯 쑤시고 다녔다. 그러나 새로운 글자가 새겨진 목간은 더 이상 보이지 않았으며 그나마 찾은 목간에는 이미 찾은 앞장의 글자들이 새겨져 있을 뿐이었다.

관우는 며칠 전부터 유비가 밤마다 혼자 조용히 밖으로 나간다는 것을 알았다. 그리고 새벽이 되어서야 온몸에 땀을 흘리며 들어와 샤워를 하고 침대에 쓰러져 잠드는 것이다. 관우가 우연히 유비의 재킷을 옷걸이에 걸어주다가 기름과 고춧가루가 묻은 종잇조각을 발견했다. 유비는 밤마다 왕사부를 찾아가 중국 황실 요리의 조리법을 하나하나 익혀왔던 것이다. 관우는 유비를 돕기 위해 유비가 잠든 사이에 조리법을 문서로 정리하여 주었다. 왕사부가 유비에게 전수하는 레시피는 한국에서는 일류 호텔의 차이니스 레스토랑에서도 선보인 적이 없었던 정통 황실의 요리들이었다.

장비는 영문도 모르고 막연히 시간을 보내다가 관우를 따라 유리창에서 골동품 가게를 뒤지는 데도 이력이 났다. 힘들다고 보채면 관우가 사다 주었던 빅맥버거도 이제는 물린 지경이 되었다.

하루는 장비가 맥주를 벌컥벌컥 마시더니

"형님, 이 중요한 시기에 우리가 도대체 뭐 하는 겁니까? 조조나 손권은 죽어라고 요리경연 준비를 하고 있는 시기에 우리는 한가롭게 삼자경 타령이나 하고 있으니…"

그도 그럴 것이 삼자경의 열네 글자를 찾은 이후로 제갈공에게 아무리 간원해도 어떤 귀띔도 주지 않았으며 친절한 왕사부도 유비에게 요리법을 전수해 주다가도 유비가 마지막 글자를 물으면 프라이팬만 돌릴 뿐 함구무언이었다.

마지막 한 글자를 남기고 중국에서 보낸 시간이 한 달을 훌쩍 넘었다. 달력의 날짜를 세어보니 이제 요리경연까지는 2주일이라는 시간이 남아 있었다. 예선전까지 따지자면 준비 기간은 고작 일주일이었다.

유비는 왕사부에게 요리를 하나하나 배워갈수록 이제까지 듣지도 보지도 못했던 수천 가지의 식재료를 다듬어 요리로 승화시키는 대가의 정교한 조리법에 천재적인 요리사라고 우쭐거리던 자신의 과거가 부끄러워졌다.

잠을 잘 때에도 하루하루 다가오는 경연에 가위가 눌리고 기름이 펄펄 끓는 프라이팬에 자신이 볶이는 꿈을 꾸는가 하면 아버지가 남겨주신 칼이 도망가는 자신의 목을 향해 날아오는 악몽이 끊일 날이 없었다.

유비는 급기야 장비와 관우를 불러 그동안의 괴로움을 고백했다.

"나 이 경연 그만둘래."

유비의 이야기를 듣고 가장 펄펄 뛰는 것은 장비였다.

"형님 우리가 누구 때문에 타국에까지 날아와 이 고생을 하는데요. 저는 고향에 잘나가던 중국집도 포기하고 형님을 선택했습니다."

관우도 유비가 받았을 스트레스와 힘든 연습 과정을 누구보다 잘 이해했지만 순간의 어려움을 이기지 못해 천재일우의 기회를 놓치는 일은 없어야 한다고 생각했다.

"형님 이번 경연을 왜 혼자만의 대결이라고 생각하십니까?"

"나 때문에 장비와 관우, 너희들이 고생하는 것 같아서 그래. 그리고 지금까지 우리가 쓴 비용도 강 회장님께 받은 것인데 더 지체한다면 그분께도 면목이 없을 것 같고."

"그러니까 경연에 우승해서 강 회장님한테 진정한 요리사로 인정을 받아야 하는 거 아닙니까?"

장비는 그렇게 이야기했으나 마음속에는 유비가 SG 호텔의 조리장이 되면 자신도 유비의 슬하에서 호텔 요리사라는 직업을 가지고 평생 고급 요리들을 먹으면서 살 수 있을 거라는 기대감도 조금은 있었다.

관우가 훌쩍이는 유비를 달래고, 흥분해서 씩씩거리는 장비를 어르며 상황을 차분히 정리해 나갔다.

"형님 그럼 이렇게 합시다. 이제 경연까지는 앞으로 2주일 남았습니다. 아직 삼자경의 마지막 글자를 찾지는 못했지만 그렇다고 마냥 허송세월을 할 수는 없는 노릇이니 일단 내일 짐을 싸고 귀국하도록 하지요. 그리고 유비 형님, 형님이 왕사부에게 전수받은 조리법은 제가 판단하기에 조조도 손권도 접해보지 못한 기술들입니다. 그러니 형님, 자신감을 가지십시오. 저와 장비가 칼과 방패가 되어 끝까지 도와드릴 것입니다."

유비는 관우의 말을 듣고 눈물을 뚝뚝 흘렸다. 장비는 마지막 남은 맥주캔을 유비의 손에 쥐여주며 건배를 외쳤다.

"자~ 대한민국 최고의 요리사가 되실 유비 형님을 위하여! 그리고 우리 세 사람이 함께 승리할 요리경연을 위하여!

【제3부】 천하요리 대접전

짜장 대전,
마음의 틀을 깨는 자가
승리를 얻으리라

한국으로 돌아온 세 사람은 그동안의 일정을 정리하고 도화원으로 모였다. 경연 날짜는 성큼 다가와 있었다.

장비는 서울에 있는 청과물 시장과 수산물 시장을 쥐잡듯 들쑤시며 최고의 식재료를 찾아 동분서주했으며 관우는 아직 유비가 배우지 못한 중국의 조리법을 인터넷에서 찾아 유비가 쉽게 익힐 수 있도록 번역하고 정리해 주었다. 동시에 현지에서 유비가 전수받은 왕사부의 황실 전통 레시피도 체계적으로 정리해 나갔다.

강 회장은 비서를 통해 유비가 한국으로 돌아왔다는 사실을 보고받았다. 이번 경연에 참여하는 요리사 중에 주목할 만한 실력자를 추려 프로필을 한 장 한 장 검토하는 중이었다.

경연 참가자는 전국적으로 1,000명을 넘어섰다. 각 지역에서 열리는 예선을 거쳐 뛰어난 요리사 열 명이 선발되며 서울에서 요리 기술의 전면적인 심사를 거친 후 최후 본선에 오를 수 있는 사람은 오직 3명뿐이었다. 이 세 명 중 다시 서바이벌 형식의 준결승을 통해 한 명이 떨어지게 되고 최종 결승에 오른 두 사람 중 한 명이 최종 우승자로 선발된다. 우승자는 우리나라 최초 6성급 호텔의 주방을 이끌어갈 조리장으로 임명될 것이다.

강 회장은 유력자로 뽑힌 요리사들의 프로필을 천천히 살펴보았다.

'조조와 손권, 그리고 유비라…'

두 사람에 비해 유비의 이력과 배경은 보잘것없었다. 그러나 삼자경을 찾아 떠난 모험이 요리사 유비를 뼛속까지 바꿔놓았으리라 기대했다. 젊은 시절 삼자경을 찾던 자신이 그랬듯이.

SG 호텔의 요리경연으로 요리계가 들썩이는 것은 물론 각종 신문과 여성지, TV에서도 취재에 열을 올렸다. 요리 전문 케이블 TV는 지방에서 열리는 예선전부터 실황중계를 했으며 심지어 '한국을 이끌어갈 차세대 셰프'라는 타이틀로 손권과 조조에 대해서는 특집 다큐멘터리까지 제작하여 방영했다. 관우가 푸드칼럼니스트로 활동하는 주 무대인 인터넷 사이트도 이번 요리경연으로 술렁이기 시작했다.

대회의 집행 원칙은 '보안과 개방'이었는데 요리 과제에 대해서는 발표 당일까지 대내외 철저한 보안이 지켜졌으며 경연장과 심사 평가는 일반인에게도 공개되어 일부 심사위원들의 부정과 편파 판정을 막았다.

예선전에 직접 찾아가 관람하고 시식한 블로거들은 음식의 사진과 평가를 자신의 블로그에 실시간으로 올렸다. TV와 신문은 물론 인터넷과 휴대폰까지 대한민국은 요리 열전의 도가니로 들끓었다.

한편 이 대회를 위해 만반의 준비를 해온 조조와 손권은 최선을 다해 경기에 임했다. 예선전 과제로 나온 유산슬, 양장피, 마파두부 등은 지금까지 쌓아온 실력으로 충분히 좋은 맛을 내어 높은 점수를 받을 수 있었다. 사람들의 기대와 예상처럼 조조와 손권 두 사람은 무난히 본선에 안착했다.

무명의 요리사에서 다크호스처럼 떠오른 한 사람, 그 사람은 바로 유비였다.

유비의 인지도는 인터넷을 타고 빠르게 올라갔다. 현장에서 직접 유비가 조리한 요리들을 시식한 블로거들은 유비의 솜씨와 요리의 맛을 극찬하며 우리나라에도 드디어 천재 셰프가 탄생할 것이라고 술렁였다.

그러나 언론사 기자들은 종로의 허름한 중국집 출신 유비에게 시선을 돌릴 만한 시간이 없었다. 이미 스타성을 인정받아 방송가에서 최고의 주가를 올리고 있는 오너 셰프 조조, 세계적인 일류 요리학교를 우수한 성적으로 졸업하고 거대한 차이니스 레스토랑 체인 만리장성을 이끌어갈 황태자 손권. 이 두 사람이면 사람들의 이목을 잡기에 충분했다.

본선을 앞둔 조조는 초조함에 하루하루 뜬눈으로 밤을 새웠다. SG 호텔의 조리장은 자신이 반드시 움켜쥐어야 하는 자리였다. 오늘날 요리사로서 자신의 이름을 알리기까지 피눈물 흘리며 노력했던 순간들이 영화의 스틸처럼 하나하나 떠올랐다. 풋풋한 대학생 시절에는 요리에만 전념하면 최고의 요리사가 될 줄 알았건만. 사회에 나와보니 성공의 필수조건은 실력이 아닌 인맥과 배경이었다. 조조는 후배들의 요리를 편집하여 자신의 이름을 건 요리책으로 출판했고 그 책이 베스트셀러가 되자 각종 방송국과 잡지사에서 러브콜을 보내왔다. 조조는 요리와 건강을 주제로 한 TV 토크쇼와 주부들이 많이 보는 시간대에 방송되는 예쁜 여자 아나운서에게 요리를 가르치는 프로그램 등 다수의 방송에 출연했다. 조조가 청담동에 문을 연 스튜디오 에는 재벌가의 며느리들이 신부수업을 받기 위해 줄을 섰으며 그때부터는 조조의 이름을 건 차이니스 레스토랑을 열자며 대 기업에서 제의가 들어오기 시작했다.

승승장구하던 요리사의 길에 앞을 가로막는 적수가 있었으 니 그 사람은 바로 손권이었다. 태어나면서부터 요리의 명가에 서 자란 황태자 손권. 자신이 성공과 야망을 위해 죽을힘을 다 해 노력하는 동안 손권은 태어날 때부터 집안의 풍족한 지원을 등에 없고 남 보란 듯이 세계 유명 요리학교를 휩쓸고 돌아왔 다. 조조에게 관심을 보이던 잡지사 기자들도 황태자가 귀환하 자 모든 요리 취재에 대한 포커스를 손권에게 맞추기 시작했다.

손권에게 혈안이 되어 있는 조조에게 유비의 존재는 까맣게 잊혔다. 앞으로 본선까지 남은 기간은 3일. 조조는 앞치마를 벗 어던지고 칼 대신 휴대폰을 들었다. 그동안 자신에게 절대 충성 하던 후배들 가운데 입이 무거운 이들을 골라 한 명 한 명에게 전화를 걸었다. 다행히도 그중에는 만리장성의 주방에서 일하는 후배 몇 명이 있었다. 이들에게 손권이 무슨 재료를 쓰고 본선을 위해 어떤 준비를 하는지 샅샅이 관찰하고 보고하도록 지시했고 또 다른 후배들에게는 순번을 정하여 날마다 만리장성에 찾아가 가장 비싼 요리들을 시켜 먹도록 했다. 조조의 야망과 위력을 아는 후배들은 조조의 지시에 일사불란하게 움직였고 만리장성에서 몰래 찍어온 음식 사진들과 요리에 들어간 재료와 양념을 분석하여 조조에게 낱낱이 보고했다.

본선을 하루 앞둔 저녁, 조조는 혼자 어두운 스튜디오에 앉아 붉은빛 와인을 마시며 비열한 웃음을 지었다.

"지피지기면 백전백승이라. 므흐흐흐."

조조의 두 손에는 만리장성에서 손권이 직접 만들었다던 요리 레시피와 손권의 요리 기술에 대해 철저히 분석한 정보가 들어 있었다.

"손권, 네가 황태자로 태어나서 내가 가지지 못한 것들을 편하게 누리는 동안 내가 얼마나 피눈물을 흘리며 절치부심했는지 모를 것이다. 그러나 일인자의 자리만큼은 너에게 순순히 내어 줄 수 없다. 나를 멸시했던 자들의 코를 납작하게 해주고 드디어 이 조조가 요리계의 천하를 지배하는 날을 맞이하게 될 것이다!"

반면 만리장성의 손권은 나름대로 여유가 있었다. 기나긴 유학생활을 마무리 하자마자 미국의 유명 호텔에서 러브콜이 들어와 세계적인 셰프들과 함께 어깨를 나란히 하며 실전 경력을 쌓았다. 요리에 물이 오를 무렵 아버지로부터 연락을 받았고 이제는 한국으로 돌아와서 가업을 이으라는 집안 어른들의 뜻에 따르기로 했다.

손권이 귀국한 후 한국의 요리계도 많이 변했다는 직감이 들었다. 그러나 귀국 후 많은 시간을 보내지 못해 상세한 움직임에 대에서는 아직 파악하지 못하고 있었다. 그래도 서두르거나 성급해하지 않았던 이유는 한국에서 아무리 날고뛰는 요리사라 해도 자신에 비하면 우물 안의 개구리일 거라 판단했기 때문이다. 손권은 이번 본선대회를 앞두고 홍콩의 일류 호텔에서 선보여 인기몰이를 했던 자신의 중화요리 레시피를 뽑아봤다. 그와 함께 중화요리와 맛의 앙상블을 이루는 프랑스, 이태리 요리들을 체크하는 것도 잊지 않았다.

유비는 적막한 도화원에 홀로 조용히 앉아 있었다. 최선을 다해 예선에 임했고 운이 따랐는지 훌륭한 요리사들을 제치고 최후의 3인이 대결하는 본선에까지 이르게 되었다. 평소 자신이 부러워하던 유명한 요리사 조조와 손권과 대결한다니 이번 대회는 승패를 떠나 자신의 재능과 영혼을 걸어볼 만한 일생일대의 소중한 승부라고 생각되었다.

조용하고 어두운 도화원에 관우와 장비가 스르륵 문을 열고 들어왔다.

관우와 장비는 뛰어왔는지 숨을 헐떡거리며 유비를 보자마자 입을 열었다.

"형님 이번 본선 심사를 위해 세계적인 미식가들이 한국에 도착했답니다. 미국, 영국, 프랑스, 이태리, 싱가포르, 홍콩, 중국, 태국…"

관우의 말을 이어 냉수 한 잔을 벌컥벌컥 마시고 입을 닦던 장비가 말했다.

"이 자리에서 그 조조와 손권의 코를 납작하게 해주어야 하는데. 우리 강 회장님 한번 찾아가 볼까요? 우리를 중국에 보낸 것도 그렇고 유비 형님 아버지와의 친분도 그렇고 강 회장님이 뒤를 봐주면 제아무리 천하의 조조와 손권이라 할지라도 형님을 당할 수 있겠냐고요."

그러자 유비는 특유의 온화한 웃음을 지을 뿐이었다.

관우는 장비의 뒤통수를 한 대 치더니

"이런 닭 보고 형님 할 뇌 용량은 그쪽으로밖에 돌아가질 않으니."

관우는 차분히 자리를 잡고 앉아 대회 관계자를 통해 전해 들은 규정들을 선생님이 초등학생에게 전달하듯 유비에게 차근히 일러주었다.

"형님 이번 본선은 서바이벌 형식으로 진행된다는 것 아시죠? 우리에게는 단 두 번의 기회밖에 주어지지 않습니다. 준결승에서 높은 점수를 받는 두 사람이 최종 결승에 올라가고 거기서 마지막 승자를 가리는 방식입니다."

관우는 호주머니 깊은 곳에서 물건 하나를 꺼내 유비 앞으로 조심히 밀었다. 삼자경 열네 글자가 적힌 목각을 엮은 것이었다. 유비가 왕사부에게 요리를 배우는 동안 관우는 유리창 골목의 골동품 가게를 샅샅이 뒤져 글자가 새겨진 목각을 하나하나 찾아내어 가죽끈으로 엮었다. 삼자경은 어엿한 한 권의 책이 되었다.

"형님, 이 삼자경을 잊지 마십시오. 결정적인 순간에 형님의 든든한 지원군이 될 것입니다."

관우와 장비가 돌아간 후 다시 도화원에는 유비만 남았다. 유비의 하얗고 여린 한 손에는 아버지가 유품으로 남긴 칼이 있었고 한 손에는 중국에서 그동안 힘들게 찾아온 삼자경의 글자들이 있었다. 이 두 개의 물건이 자신을 여기까지 이끌었고 본선에서도 자신을 지켜줄 것이라 믿었다. 그러나 동시에 못다 한 꿈을 꼭 이루어 달라는 아버지의 유언이 서린 칼날이 자신의 목을 겨누고 있었고 마지막 한 글자를 찾지 못해 불완전하게 엮인 삼자경이 앞으로 찾아올 위기를 예견하는 듯했다. 유비는 더욱 그리워지는 아버지를 떠올리며 주방에 엎드려 흐느끼다가 잠이 들었다.

드디어 본선 1차전의 날이 밝았다.

오전 9시에 SG 호텔 총매니저의 진행 하에 본선의 과제가 발표되는 기자회견이 열렸다. 여기저기서 셔터를 누르는 카메라맨, 노트북으로 실시간 뉴스를 전달하는 기자들, 경연에 관심을 갖는 블로거들까지 1,000명을 수용한다는 SG 호텔의 대형 연회장 그랜드 볼룸이 인파로 가득 찼다. 안에 들어가지 못한 일반인 참관자들은 로비 앞에 마련된 대형 LED 전광판을 통해 기자회견을 지켜보았다.

간단한 의례를 마치고 본 대회를 위해 특별히 초빙된 심사위원단이 소개되었다. 세계적으로 영향력을 발휘하는 미식 칼럼니스트, 글로벌 고급호텔의 조리장, 레스토랑 체인을 운영하는 오너 셰프 등 세계적인 미식 전문가단 50명으로 심사위원단이 구성되었다.

우레와 같은 박수 속에 심사위원 한 사람 한 사람이 소개되는 동안 LED 전광판에는 유명인사들의 화려한 경력이 적힌 자막이 빠르게 지나갔다.

"다음은 본선 1차전을 위한 제비뽑기를 진행하겠습니다. 우선 세 선수 앞으로 나오십시오."

진행자의 멘트와 함께 도우미가 숫자 1이 적힌 노란색 봉투, 2가 적힌 하얀색 봉투, 3이 적힌 파란색 봉투가 놓인 쟁반을 들고 올라왔다.

"세 분은 일어나셔서 각각 봉투 하나씩을 선택해 주십시오."

조조가 가장 빠르게 1번이 적힌 노란색 봉지를 선택했고 손권이 3번 파란색을 택하자 유비는 남은 2번 하얀색 봉지를 집어 들었다.

"한국에서 세계적인 셰프를 배출하고자 하는 SG 그룹의 취지에 따라 본 대회 심사는 세계 각국을 대표하는 요리 베테랑 전문가들이 맡게 됩니다.

진행자의 말이 끝남과 동시에 연회장 오른편에 하얗게 덮여 있던 현수막이 걷히면서 거대한 전광판이 모습을 드러냈다.

"심사는 요리를 시작하는 순간부터 작품이 완성될 때까지 실시간으로 진행됩니다. 지금 심사위원들 앞에는 세 개의 버튼을 누를 수 있는 전자단말기가 놓여 있습니다. 대회가 시작되는 동시에 심사위원들은 요리 과정을 지켜보면서 가장 뛰어나다고 평가되는 선수의 번호를 누르게 됩니다. 심사위원들이 번호를 누를 때마다 1번은 노란색, 2번은 하얀색, 3번은 파란색으로 전광판에 불이 켜집니다. 심사위원들은 선수들이 조리하는 과정을 심사하며 자유롭게 그 번호를 바꿀 수 있으며 대회 종결을 알리는 징 소리와 함께 최종 점수는 전광판에 있는 전구의 색과 숫자로 결정됩니다. 자 그럼 준결승 과제를 발표하기 위해 SG 그룹 부회장님을 모십니다."

강 회장은 모습을 드러내지 않았다. 우레와 같은 박수가 멈추자 연회장은 다시 쥐 죽은 듯 고요해졌고 과제를 발표하는 소리가 그랜드 홀을 가득 채웠다.

"자 이번 준결승 과제는…"

여기저기서 울리던 카메라 셔터들도 숨을 죽였고 밖에서 현장을 지켜보던 참관자들도 숨소리를 죽이고 있었다.

"짜장면입니다."

과제가 발표되자 그랜드 볼룸에 순간, 적막이 감돌았다.

기자들은 서로 얼굴을 바라보며 어이없어 했으며 밖에 있는 일반 관람자들이 키득키득 웃는 소리가 안에서도 다 들렸다.

"세계 50개국의 전문가를 초빙해서 일류 셰프를 선발한다더니 고작 짜장면이래."

과제를 들은 세 사람도 어리둥절한 것은 마찬가지였다.

그러자 부회장의 부연 설명이 이어졌다.

"방금 세 선수는 각각 번호가 붙은 다른 색깔의 봉투를 선택하셨습니다. 봉투마다 각기 다른 나라에서 생산된 밀가루가 담겨 있습니다. 3일 후에 있을 1차 본선에서는 그 밀가루를 가지고 짜장면을 만드셔야 합니다. 더불어 각 선수들에게는 밀가루 이외의 메인 재료 한 가지를 자유롭게 선택할 수 있는 권한이 있습니다. 그러나 딱 한 가지입니다. 자신의 봉지에 담긴 밀가루, 준비해 온 한 가지 재료, 경기장에 준비된 춘장으로 최고의 짜장면을 만들어내는 두 명의 선수가 최종 결승전에 진출하게 됩니다."

스튜디오로 돌아온 조조는 한동안 어이가 없었다. 세계적으로 유명한 미식가들을 초빙해 두고 벌이는 경기가 고작 짜장면이라니… 조조는 우선 휴대폰을 꺼내 익숙한 번호를 눌렀다. 이번 경합의 기획단장인 SG 호텔 운영본부 박팀장이 바로 대학 선배였다. 대회 출전 전부터 박팀장을 포섭한 조조는 그에게 전화를 걸어 봉투 속 밀가루의 정체에 대해 물었다.

조조로부터 연봉보다 많은 액수의 돈을 건네받은 박팀장은 조조에게 밀가루의 정체를 낱낱이 알려 주었다.

"봉투에 담긴 밀가루는 한국산, 멕시코산, 프랑스산 이렇게 세 종류인데 그중에 찰기가 가장 좋고 수분이 적절한 우리 밀은 손권이 선택한 3번이야. 적절한 찰기를 유지하고 있지만 수분이 적어 식감이 약간 뻑뻑한 멕시코산 밀가루가 유비가 택한 2번, 찰기도 없고 수분도 적어 바게트 같은 발효빵 만들기에 적합한 프랑스산 밀이 바로 자네가 택한 1번이네."

조조는 눈앞이 캄캄해졌다. 봉지를 선택하는 장면이 이미 전국으로 생중계되어 번호를 바꿀 수는 없는 일이었다. 배경이 좋은 놈이 운도 좋다고 우리 밀을 선택한 손권에 대해 근원을 알 수 없는 증오가 밀려왔다. 조조는 이내 냉정함을 되찾았다. 자신의 손은 이미 SG 그룹의 식자재 창고 관리자에게까지 닿아 있었기 때문이다.

경합을 앞두고 경비가 더욱 삼엄해진 식자재 창고에 그날 밤

검은 옷을 입은 그림자가 나타났다. 3중 비밀번호 장치를 무난히 통과한 검은 그림자는 밀가루 봉투가 보관된 특수 냉장실에 지문 인증 및 동공 인증을 받고 문을 열어 차분히 1번 봉지에 있는 하얀색 가루와 3번 봉지에 있는 가루를 바꿔 놓고 유유히 사라졌다. 아침에 눈을 뜬 조조의 휴대폰으로 OK라는 문자가 도착해 있었다.

조조는 간단히 아침을 먹고 스튜디오에 식자재를 조달하는 식료품상에게 마블링이 뛰어난 특급 한우 세 근을 준비하라고 지시했다.

한편 손권은 표현은 안 했지만 짜장면을 결승 과제로 내건 SG 그룹이 우습기까지 했다. 최고의 예술요리로 셰프를 뽑는 글로벌 체인들과는 수준 차이가 너무 났기 때문이다. 주최측인 SG 그룹도 웃기지만 그 과제를 가지고 긴장하는 두 경쟁자의 표정이라니. 세계 어느 나라의 밀가루건 간에 소금과 물의 양, 반죽의 힘만 잘 조절한다면 밀가루는 그저 똑같은 밀가루일 뿐이었다. 손권이 자신감을 보이자 만리장성도 이미 우승자를 배출한 것처럼 축제 분위기로 달아올랐다.

세 명 중에 가장 긴장한 것은 도화원의 유비였다. 이 게임에서 패배하지 않아야만 궁극의 짜장면을 만들라는 아버지의 유언에 한 발짝 다가갈 수 있다. 유비가 풀어야 할 수수께끼는 두 가지였다. 하나는 봉투에 담긴 비밀, 두 번째는 짜장면의 맛을 살릴 자신만의 식재료.

짜장면에는 밀가루와 춘장을 제외하고도 고기와 야채 등 다섯 가지 이상의 재료가 들어간다. 이 재료들이 갖추어져도 궁극의 짜장면을 만들지 못했던 아버지. 자신은 이제 정체를 모르는 밀가루와 한 가지 재료만을 가지고 그 미완성의 과제를 풀어내야만 한다.

용기를 북돋아 주기 위해 찾아온 장비와 관우도 속수무책이긴 마찬가지였다. 테이블에 앉아 있는 관우와 유비는 고심하는 표정이 역력한 가운데 장비는 주방으로 들어가 남아 있는 밀가루로 퍽퍽 소리를 내며 면발만 뽑아냈다.

"춘장과 밀가루 그리고 하나의 재료만 가지고 세계 50개국의 미식가들을 매료시켜라…"

관우는 무의식적으로 노트북 자판을 두드리고 있었지만 도무지 해답이 떠오르지 않았다.

유비는 이번 경연이 처음부터 끝까지 강 회장의 지시로 이루어졌다면 이번 1차전은 실로 단순한 짜장면 경쟁이 아닐 것이라고 여겨졌다.

"이번 짜장면 경쟁과 삼자경은 무슨 관계가 있을까?"

유비가 중얼거리는 혼잣말을 듣고 관우에게 떠오르는 글자가 있었다.

"형님, 그렇다면 강 회장은 이번 1차전을 통해 이 글자를 시험해 보기로 한 것이 아닐까요? 삼자경의 1절인 인人! 인仁! 애愛!"

밀가루 반죽을 하고 있던 장비도 삼자경이라는 말에 테이블로 다가와 앉았다.

"관우 형님 말이 맞아요. 짜장면은 가격이 저렴하지만 양도 푸짐하고 영양가가 풍부해서 가난한 서민들도 부담 없이 맛나게 먹을 수 있는 음식이에요."

그러자 날카로운 분석력을 자랑하는 관우가 이야기를 덧붙였다.

"물론 이번 대회의 심사를 맡은 사람들은 세계 최고의 절대미각으로 맛을 느끼는 미각세포가 송곳보다 날카로운 베테랑 미식가들입니다. 그 까다로운 입맛을 최대한 만족시키되 짜장면이 지닌 가치의 본질을 잃지 말아야 하는 것."

장비와 관우의 말을 조용히 듣고 있던 유비도 첫 과제를 짜장면으로 출제한 강 회장의 의중을 어느 정도 파악할 수 있을 것 같았다.

"최고의 미식가도 만족할 만한 서민 요리. 그래 아무리 일류 호텔이라도 기본적인 주식 메뉴에는 짜장면이 빠질 수 없어. 호텔이 이윤을 추구하는 기업인 이상 고가의 고급 요리들을 선보임과 동시에 대중적으로 인기가 높은 짜장면을 무시할 수 없는 법이지."

"예 형님, 그렇다면 맛있지만 단가는 높지 않은 짜장면이 SG 호텔이 원하는 궁극의 짜장면이 되겠네요. 그렇다면 선택할 수 있는 재료의 범위가 좁혀지긴 하는데…."

옆에서 잠자코 두 사람의 말을 듣고만 있던 장비는 대형 식재료 냉장고로 뛰어가서 그동안 자신이 전국의 산지에서 공수해 온 돼지고기, 소고기와 각종 싱싱한 야채들을 모두 꺼내놓았다.

관우와 유비 두 사람은 장비가 꺼내는 식재료를 천천히 보고 있다가 하나의 재료에서 동시에 눈에 불꽃이 튀었다.

"그래 바로 이거!"

드디어 짜장 대전의 날이 밝아왔다.

SG 호텔 그랜드홀에 설치된 오픈형 주방에는 1번 조조, 2번 유비, 3번 손권의 자리가 마련되어 있었다. 공중에서는 이원 생방송 카메라가 돌고 있었고 전문가 심사위원단도 하나 둘 자리를 채우기 시작했다.

거대한 징 소리가 울리며 경합이 시작되었다.

우리 밀을 차지한 조조는 얼굴에 자신감을 나타내며 노련한 손놀림으로 밀가루에 물을 붓고 기본 반죽을 시작했다. 이미 카메라는 자신이 준비한 특등급 소고기를 클로즈업하고 있었다.

손권을 잡고 있던 3번 카메라에 불이 들어왔다. 차분하게 앞치마를 두른 손권이 준비해 온 비장의 재료가 공개되는 순간 홀의 참관자들은 모두 조용히 침을 삼켰다. 손권의 봉투가 열리고 그 안에서는 작고 아담한 검은 색의 물체가 수줍은 듯 모습을 드러냈다.

이 화면을 보고 있던 참관자들 사이에서 비명이 터졌다.

"우아! 송로버섯이다."

"푸아그라, 캐비어와 함께 세계 3대 식재료로 꼽히는 송로버섯"

"짜장면에 송로버섯을 생각하다니 역시 세계적 셰프답군!"

여기저기서 손권의 감각에 감탄하는 목소리가 터져나왔다. 심사위원석도 술렁거리기는 마찬가지였다.

유비를 응시하던 2번 카메라에도 불이 켜졌다. 유비는 검은 봉지에서 재료를 조심스레 꺼냈다. 유비의 손을 따라 검은 봉지 속에서 묵직한 것이 삐져나오자 관객석 여기저기서 웃음이 터져나왔다.

"저건?"

"설마?"

"감자닷!"

밑반죽을 하며 옆눈으로 지켜보던 조조도 유비가 꺼낸 감자를 보자 자기도 모르게 피식 웃음이 나왔다. 유비는 역시 자신의 경쟁상대가 못되었다.

'종로 골목의 도화원 출신이 어디 가겠어. 문제는 손권이군. 프랑스에서도 구하기 힘들다는 최상급 송로 버섯을 준비하다니.'

그러나 조조는 한편으로 안심되는 구석이 있었다. 짜장면은 쫄깃한 면발이 생명인데 손권의 밀가루는 아무리 고귀한 황태자의 손이라도 탄력 있는 면발을 뽑아낼 수 없는 퍽퍽한 프랑스산 밀가루였기 때문이다.

조조는 이번 경기에서 자신을 이길 자는 없다는 생각이 들자 요리에만 몰두하기로 했다. 조조의 우리 밀은 꼼꼼한 밀반죽을 거쳐 탄력 있는 면발로 뽑혀가고 있었다. 세 사람 중 가장 먼저 면 뽑기를 마친 조조는 마블링이 우수한 특등급 한우를 알맞은 크기로 썰고 밑간에 살짝 재워둔 후 프라이팬에 춘장과 함께 볶아 내었다. 조조의 손끝으로 특제 소고기 간짜장이 연출되고 있었다.

반면 손권의 손놀림은 손가락으로 연출하는 발레공연 같았다. 손권은 자신에게 할당된 밀가루를 눈으로 확인하고 손가락으로 비벼본 후, 혀끝에 대어 보았다. 이 맛은 바로 르 꼬르동 블루 요리학교에서 지겹도록 반죽했던 프랑스산 밀가루였다. 프랑스 밀가루는 자체적으로 깊고 달콤한 맛을 지니고 있으나 수분과 글루텐 성분이 부족하여 면발로 뽑아낼 수 없는 성질이 있었다. 밀가루에 물을 넣은 손권은 어느 정도 밀반죽을 한 후 면발로 길게 늘어뜨리는 대신 하나로 뭉쳐 비닐에 곱게 싸두었다. 밀가루를 휴지시키는 동안 옆에 있는 원통 모양 조미료 통을 깨끗이 씻었다. 손권은 면으로 뽑아내는 대신 양념통을 밀대 삼아 반죽을 얇게 밀어내기 시작했다.

술렁거리는 관중들 가운데서도 손권은 침착하게 반죽을 밀어내고 이를 직사각형 모양으로 잘라내었다.

관람석에서 대형 화면으로 이 광경을 지켜보던 관우는 손권의 전략을 알 수 있었다. 손권이 요리하고자 하는 것은 엄밀히 말하면 라자냐였다. 달콤하고 깊은 맛의 프랑스 밀가루를 얇게 밀어 고기처럼 쫄깃하게 씹히면서도 더 깊은 맛과 즙을 내는 송로버섯을 사이에 넣는다. 그리고 걸쭉하고 감칠맛 나는 춘장 소스로 감싼다면⋯ 럭셔리하고 고급스러운 '블랙 라자냐'가 탄생되는 것이다.

관우와 똑같은 생각을 하고 있는 프랑스, 이태리 미식가들의 눈은 이미 손권에게 집중되어 있었다.

심사위원들의 손과 눈이 바쁘게 움직이면서 전광판에는 불이 들어오기 시작했다. 50개의 전구에 전기가 들어왔고 이내 노란색 전구가 22개 파란색 전구가 28개로 불을 밝혔다. 흰색의 전구는 단 한 개도 없었다. 이를 초조하게 지켜보던 관우는 시간이 지나면 이 판국이 바뀔 것이라 굳게 믿었다.

밀가루 봉투를 연 유비는 우선 놀라고 긴장되었다. 손으로 만져 보니 우리 밀은 아니었다. 그렇다고 왕사부의 주방에서 만져본 퍽퍽한 중국 밀도 아니었다. 찰기는 있는데 수분이 부족한 하얀 밀가루의 정체는 과연 무엇일까? 유학 경험이 없는 유비가 멕시코산 밀가루를 접해볼 리 만무했다. 옆 주방에서 경쟁 상대인 조조는 유려한 손놀림으로 한 줄도 끊김 없이 비단 같은 소면을 뽑아내고 있었고 손권은 송로버섯을 앞세우고 라자냐를 만들고 있었다.

유비는 손이 후들후들 떨리고 숨이 막혀왔다. 멍하니 밀가루를 바라만 보고 있었다. 그런데 순간 하얀 밀가루 안에서 갑자기 한 얼굴이 떠올랐다. 바로 우칭위엔 선생의 얼굴이었다.

"이놈 중요한 순간에 뭐 하고 정신줄을 놓고 있는 게냐. 내가 가르쳐 준 세 글자를 그새 잊어버린 게야?"

"아… 신愼, 명明, 지智!"

유비는 경쟁이라는 긴장감에 압도된 나머지 자신이 이 경합에 참여하게 된 처음의 마음을 잊어버리고 있었다. 삼자경을 찾던 그 여정이 영화처럼 지나가면서 유비의 머리에 꽉 들어차 있던 두 경쟁자의 얼굴이 차차 지워졌고 그 자리에 궁극의 짜장면을 만들기 위해 노력하던 아버지의 모습이 차올랐다. 유비가 어렸을 적 아버지는 하루도 빠짐없이 새벽 5시에 일어나 가게 문을 열었다. 의식을 치르는 종교인처럼 칼에 물을 묻혀 정성스

레 칼날을 다듬었다.

유비는 이내 평정심을 찾기 시작했다. 도마 위에 놓인 칼과 재료들을 차분히 정리한 후 밀가루를 만져보고 혀끝에 대보았다. 우리 밀과 비슷한 맛이 느껴졌다. 그러나 중간중간에 도톰한 알갱이들이 씹혀 면은 면이되 얇게는 뽑을 수 없겠다는 직감이 혀끝을 타고 머리로 떠올랐다. 유비는 물을 부어 정성 들여 밀반죽을 마치고 허공에 큰 원을 그리며 면발을 뽑아냈다.

'일본 우동면 정도의 굵기면 알맞다.'

면을 뽑아낸 후 밀가루가 흩어진 조리대를 정리하고 메인 재료인 감자를 꺼냈다. 아직도 흙냄새를 품고 있는 햇감자였다. 둥글둥글한 감자를 손에 쥐고 있으니 기분이 좋아졌다. 감자 껍질을 쓱쓱 벗겨내니 흙 묻은 껍질 속에 하얀 속살이 드러났다.

관우는 관중석에서 지켜보는 상황을 문자를 통해 간단한 설명과 함께 인터넷으로 중계하고 있었다. 감자를 다듬고 있는 유비를 보면서 관우는 감자를 선택한 이유를 설명했다.

[감자는 그 맛이 달지도 식감이 특별하지도 않지만 세계 각국의 수많은 요리에 들어가 양념의 맛과 다른 식재료의 특성을 백배 살려줍니다.]

[그러고 보니 감자가 빠진 야채볶음이나 짜장면은 별로 입맛이 당기지 않겠군요.]

관우의 온라인 중계에 접속해 있던 네티즌들은 실시간으로 댓글을 보내왔다.

[중국요리뿐만이 아니죠, 인도의 대표 요리인 카레에 들어간 감자는 향신료의 맵고 자극적인 맛을 중화시켜 위를 보호하고, 아메리칸 스테이크에 사이드로 나가는 해시 포테이토는 질긴 고기라도 부드럽게 목구멍으로 넘어가도록 고기를 살포시 감싸줍니다. 감자에 간장과 두반장을 넣고 볶아도 그 맛이 어우러지며, 버터와 치즈를 얹어 통으로 구우면 그 자체로서도 훌륭한 요리가 됩니다. 감자를 다룰 줄 아는 요리사가 세계의 입맛을 평정할 수 있는 겁니다.]

[꿈보다 해몽이 좋은 거 아닌가요 ㅎㅎ]
[유비 선수, 역시 도화원 출신의 서민형 다크호스 답네요~ 힘내세요 파이팅]

관우의 문자 중계에 실시간 댓글이 끊이지 않고 이어졌다. 심사위원의 무관심한 반응과는 달리 네티즌들 사이에서는 유비를 감자 짜장면 요리사 '감짜맨'이라 부르며 지지하는 움직임이 일어났다.

1시간 후 경기 종료를 알리는 징 소리가 우렁차게 울려퍼졌다. 전광판에는 노란색 22개 파란색 23개의 전구가 빛났고 하얀색은 단지 5개에 불과했다.

경기가 종료된 후 각 요리사에게는 자신의 요리를 설명하기 위한 3분의 시간이 주어졌다. 우선 1번 조조의 설명이 시작되었다. 선수들의 말은 세계 50개국의 언어로 동시통역되어 심사위원이 귀에 꽂고 있는 리시버로 전달되었다.

"저는 SG 호텔에서 선보이는 짜장면이라면 고급스럽고 깔끔한 간짜장이 어울린다고 판단했습니다. 간짜장 중에서도 소고기와 춘장의 맛을 살린 소고기 간짜장이 으뜸이지요. 쫀득하게 씹히는 면발과 스테이크의 밑간으로 구워낸 특등급 한우, 고온에 조려내어 감칠맛이 깊어진 춘장소스가 완벽한 조화를 이룰 것입니다."

관중석에는 우레와 같은 박수소리가 퍼졌다.

관우가 보기에도 완벽한 소고기 간짜장이었다. 윤기가 흐르는 요리 사진에 네티즌들도 열렬한 반응을 보였다.

　다음은 2번 유비의 차례였다.

　"저는 감자 짜장면입니다. 짜장면이라는 요리의 본질에 중점을 두었습니다. 짜장면은 예로부터 서민들의 배고픔과 영양을 채워주었던 고마운 음식입니다. 저는 짜장면 본연의 미덕이 SG 호텔의 테이블에서도 이어지기를 바라며 가격은 저렴하지만 세계인의 입맛에 맞는 식재료인 감자를 택했습니다. 감자를 기름에 익히는 대신 버터에 굽되 카레가루를 살짝 첨가하였으며 면의 양을 조금 줄여 한끼 식사로 부담이 되지 않도록 했습니다."

　마지막으로 손권의 설명이 이어졌다.

　"제가 요리한 짜장면은 엄격히 말하자면 송로버섯 블랙 라쟈냐입니다. 모두 아시다시피 송로버섯은 미식의 귀족이라 불리는 귀한 식재료로, 달콤하고 폭신한 프랑스산 밀가루와 만날 때 최고의 조화를 이룹니다. 여기에 새콤한 토마토 소스 대신 오리엔탈 발효 소스인 춘장으로 가미하여 오븐에 구웠습니다. 짜장면도 요리사에 따라 저렴한 음식의 경계를 넘어 고메 블랙푸드로 재탄생할 수 있음을 보여드릴 것입니다."

심사위원석에서 우레와 같은 박수가 터져나왔다.

설명이 끝난 후 선수들이 조리한 짜장면은 작은 접시에 담겨 심사위원석으로 전달되었다. 세계적인 미식가들은 심각한 표정으로 한 입씩 천천히 씹고 음미하다가 다시 생수로 입을 행구며 세 종류의 짜장면을 시식했다.

전문가단의 시식 평가가 진행된 지 10분 후. 전광판 불빛의 변동이 요란했다. 파란 전구와 노란 전구가 깜빡거리더니 점차 흰색을 밝히는 불들이 하나 둘 전광판의 자리를 차지해 나가는 것이 아닌가.

두 번의 징 소리와 함께 최종 시식 평가가 종료되는 순간 그랜드 볼룸에는 예상치 못했던 이변이 일어났다. 좌르르 윤기가 흘렀던 조조의 소고기 간짜장, 감자만 군데군데 보였던 유비의 감자 짜장면, 럭셔리 블랙푸드의 진수를 보여준 손권의 송로버섯 라자냐. 최종 결과는 파란불이 25개로 손권의 압승이었다. 그러나 의외인 점은 시식 평가가 진행되면서 하나씩 하나씩 불을 밝히던 하얀 전구가 15개로 10개인 노란색 전구를 다섯 개 앞선 것이다. 전광판을 바라보던 조조는 그 자리에서 아무 말도 못 하고 패닉 상태가 되었다.

마지막 순서로 심사위원장의 총평이 이어졌다.

"세 사람의 요리는 모두 훌륭했습니다. 특히 유럽의 송로버섯을 동양의 짜장면에 조화시킨다는 손권의 요리는 이노베이션, 크리에이티브 면에서 높은 점수를 얻었지요. 최고의 요리사들도 다루기 힘들다는 송로버섯을 자유자재로 조리한 테크닉도 단연 최고였습니다. 그런데 저희들이 이번 새롭게 발견한 것은 유비의 감자 짜장면입니다."

장내는 다시 술렁이기 시작했다. 평범하기 그지없던 감자 짜장면이 세계 미식가들을 놀라게 했다니…

"이는 짜장면에 익숙한 중국이나 한국의 미식가들뿐만 아니라 한 번도 짜장면을 맛보지 못했던 인도나 유럽의 미식가들의 입맛도 만족시켰습니다. 면의 양을 줄이는 대신 감자를 버터에 구워내어 아삭한 식감을 살리고 카레가루를 약간 가미한 것이 일본의 하이라이스, 미국의 스튜, 프랑스의 라따뚜이, 인도 카레의 추억을 불러일으키게 하는 매직푸드였습니다.

아쉽게도 소고기 간짜장은 면발이나 소스 그 자체로 완벽하고 훌륭한 짜장면입니다. 당연히 한국과 중국의 미식가들에게는 좋은 평가를 받았지요. 허나 이태리에서는 소고기보다 돼지고기를 우선으로 여기며, 쫄깃한 식감이 익숙하지 않은 프랑스나 미국인의 입맛에는 필요 이상으로 쫀득거리는 면발에 소고기까지 있어 씹어 넘기기에 다소 불편한 음식이었습니다."

심사위원장의 총평을 듣던 관우는 깨달은 바가 있었다. 짜장면을 파스타로 재해석하고 재료 한 가지를 바꿈으로써 짜장면을 고급 요리로 끌어올린 손권의 상상력은 탁월했다. 해외 유학을 통해 몸에 밴 세계 요리에 대한 감각과 베테랑 셰프들과의 폭넓은 교류가 이를 가능케 했으리라.

반면 조조의 경우에는 짜장면이라는 이름에 집착하고 '완벽한' 짜장면을 만들겠다는 욕구가 오히려 요리사로서의 한계로 작용했다. 조조의 짜장면에는 완벽한 재료와 요리사의 완벽한 기술이 있었을 뿐 요리를 먹는 사람에 대한 이해와 배려가 부재했던 것이다. 관우는 조금씩 왕사부가 일러준 삼자경의 위력을 느끼기 시작했다.

짜장 대전이 끝난 후 전국의 식탁은 검은색 물결로 뒤덮였다. 유명 레스토랑 만리장성에서는 이미 손권이 개발한 송로버섯 블랙 라자냐를 스페셜 메뉴로 올리고 '세계 미식가가 극찬한 완벽한 블랙 고메 푸드'라는 카피를 앞세워 대대적인 홍보에 나섰다. 20만 원 대의 가격이어서 상류층의 미식가들이 즐겨찾았으며 일반인들은 TV 요리 프로그램의 소개와 인터넷에서 활동하는 칼럼니스트들의 정보를 통해 대략 맛이 그렇다더라 하는 정도로 만족해했다.

반면 가격이 저렴한 유비의 감자 짜장면은 일명 '감짜면'으로 불리면서 인터넷을 뜨겁게 달구었다. 인플루언서들은 감자에 카레가루 대신 라면수프를 넣은 일명 감짜라면을 개발해 짧고 간단한 레시피를 올리는 것을 시작으로 하여 감짜면 소스에 오동통한 너구리 면을 넣은 감짜구리, 쌀떡을 넣은 감짜떡볶이를 비롯, 감짜피자, 감짜쫄면, 감짜수제비, 감짜부침, 감짜순대 등 기상천외한 감짜시리즈를 창조해 내었다. 인터넷에 실시간으로 올라오는 감짜면 레시피의 인기가 뜨거워지면서 감자 가격이 폭등하고 올해 수확한 햇감자가 동이 나는 사태까지 벌어졌다.

요리경연이 사회적으로 큰 파장을 불러일으킨 데 대해 주최 측인 SG 그룹도 놀라움을 금치 못했다. 벌써 언론들은 최종결승의 과제를 앞다투어 예견하며 대중의 관심 몰이에 나섰고 그 향방에 따라 식자재 시세도 술렁거리는 상황이었다. SG 그룹 강 회장은 요리사를 선발하는 경연이 상업적으로 이용될 것을 우려하여 결승 과제를 발표하기로 한 기자회견을 취소시켰다. 결승 진출 당사자에게만 최종 과제를 직접 전달하기로 전략을 바꾼 것이다. 강 회장은 책상에서 붓과 먹을 꺼내어 직접 곱고 진한 먹물을 갈고 일필휘지로 네 글자를 적어 백색의 봉투에 넣었다. 그리고 언론사에는 대회 당일에 현장에서 최종 결전의 과제를 발표한다는 방침을 보도자료로 전송했다.

간신히 준결승을 통과한 유비는 잠깐의 꿀맛 같은 휴식을 취하고 있었다. 전광판의 노란 전구가 하얗게 변해가는 순간이 지금도 믿기지 않았다.

'아버지가 소망했던 궁극의 짜장면이 바로 손님을 먼저 배려하고 빈부에 상관없이 배부름과 행복감을 줄 수 있는 한 그릇의 나눔이라고 생각했어요.'

그 순간에도 유비는 하늘나라에서 흐뭇하게 웃고 계실 아버지를 떠올리고 있었다.

만한전석 대결전

그날 저녁 유비는 강 회장의 비서로부터 단단히 봉해진 하얀색 봉투를 전달받았다. 그 시간에 만리장성에서는 손권의 준결승 승리를 축하하는 파티가 열리고 있었다. 손권의 아버지는 아끼던 와인 무땅 로쉴드를 꺼내어 축배를 돌렸다. 승리의 기쁨으로 자신감에 넘쳐 있는 손권에게도 하얀 봉투가 전달되었다. 같은 시간 두 사람의 눈에 네 글자가 동시에 파고들었다.

"만! 한! 전! 석!"

다음 날 도화원으로 찾아간 관우와 장비도 어마어마한 과제에 놀라서 한동안 입을 다물지 못했다. 드디어 요리계의 판도를 뒤바꿀 최초의 만한전석 대격전이 눈앞으로 다가온 것이다.

한지에는 '滿漢全席(만한전석)'이라고 적힌 큰 글자 아래 결승전의 조건이 작게 적혀 있었다.

하나, 요리의 진행을 보조할 부 셰프 1인은 직접 지명할 수 있다.

둘, 요리팀은 SG 호텔의 주방 스태프들로 구성된다.

셋, 최종 결승전은 3월 3일 오전 9시에 시작된다.

과제가 담긴 봉투 안에는 주방 스태프 30명의 성명과 연락처, 간단한 이력사항이 정리된 리스트가 동봉되었다. 최종 결승까지의 준비 기간은 앞으로 2주일이 남아 있었다.

과제를 확인한 후 손권은 봉투를 책상 위에 던져두었다. 그러지 않아도 준결승 과제로 짜장면을 제시한 SG 호텔이 우스웠는데 앞으로는 그 스태프들을 데리고 만한전석을 만들라니 세계적인 미식가들 앞에서 아마추어들과 손 맞출 생각에 순간 짜증이 밀려왔다.

손권은 리스트 중 10년 이상의 경력자 세 명으로 채워진 앞장만 뜯어낸 후 나머지는 테이블 옆에 있는 휴지통에 던져버렸다. 그러고는 여유 있게 서랍을 열어 명함을 하나 꺼내들었다.

스티븐 창. 마카오 베네치아 호텔 주방을 맡던 시절 함께 요리하던 홍콩 출신의 젊고 유능한 셰프이다.

'요리의 요 자도 모르는 오합지졸을 데리고 만한전석을 만들라니. 스티븐 창이라면 정통 황실의 조리법을 재현하는 데 최고의 파트너가 되어줄 거야.'

손권은 컴퓨터를 켜고 스티븐 창에게 메일 한 통을 보냈다. 이번 경연의 취지와 일정을 간단히 소개한 후 이번 도움을 준다면 SG 호텔에 최고의 대우로 자리를 마련하겠다는 조건도 넣었다.

한편 과제 봉투를 보고 도화원에서 가장 흥분한 사람은 장비였다.

"형님, 형님! 부주방장은 이 장비에게 맡기실 거죠?"

유비가 웃으며 고개를 끄덕이자 장비는 마시던 맥주캔을 손으로 으스러뜨리며 소리질렀다.

"뜨아~ 이 장비에게도 드디어 해 뜰 날이 오는구나!"

장비는 육중한 몸으로 도화원을 날뛰며 돌아다녔다.

관우는 차 테이블에 앉아 녹차를 마시며 리스트를 한 장 한 장 넘겨 보았다. 리스트는 조리팀과 서빙팀으로 나누어져 있었다. 요리 경력이 10년 되는 조리장 급도 있었지만 이제 갓 호텔에 입사한 초보자들이 대다수였다.

유비도 옆에서 리스트를 차분히 살펴본 후 주방으로 들어가더니 두 손에 가득 얼룩진 종이 뭉치를 가지고 돌아왔다. 왕사부에게 전수받은 황실 만하전석 레시피였다. 양념과 기름으로 얼룩진 레시피에는 유비가 직접 실습하다가 적어둔 메모가 빼곡했다. 한국의 식재료와 맞지 않는 조리법을 대체할 방법과 오늘날의 입맛에 맞도록 응용한 양념에 대한 내용이었다.

"관우야, 너에게 중요한 부탁 하나 할게. 글씨들이 얼룩져 알아보기 힘들겠지만 너라면 이 레시피를 누구나 쉽게 따라 할 수 있도록 깔끔하게 정리해 줄 수 있을 거야. 그리고 장비야, 너는 이 리스트의 스태프들이 내일 2시까지 도화원에 모일 수 있도록 연락을 맡아줘."

이튿날 2시.

한 사람 한 사람 주방 스태프들이 도화원의 문을 열고 모여들었다. 유비는 입구에서 직접 그들을 맞이하며 이름을 묻고 얼굴을 재차 확인하였다.

좁고 허름한 도화원을 둘러본 스태프들 사이에서 비웃음과 함께 불만이 터져나왔다.

"일류 호텔 주방에서 일하던 몸이 이런 열악한 조건에서 요리를 해야 해?"

스태프들이 웅성거리며 모여 앉은 테이블을 향해 유비는 90도 각도로 공손하게 인사했다.

"많이 부족하지만 저를 믿고 경연을 위해 힘써줄 것을 부탁드립니다."

유비는 스태프들에게 도화원 주방에서 탕수육과 양장피 등 단품 요리를 실습시킨 뒤 옆으로 다가가 한 사람 한 사람의 실력을 자세히 관찰했다. 5년 이상의 호텔 경력자라고 적혀 있으나 식재료의 배합에 서투른 이가 있었고 1년이 채 안 되는 견습생 중에서도 칼질의 기본기가 잘 갖추어져 식재료의 식감을 살릴 줄 아는 숨은 인재도 있었다. 하루 종일 그들의 일거수일투족을 관찰하며 메모하던 유비는 밤이 늦어서야 스태프들을 돌려보냈다.

그날 밤 밤이 새도록 유비는 한 사람 한 사람의 특징을 정리하며 장점 위주로 포지션을 배치했다.

호텔 주방에서 뼈가 굵은 노익장 황충에게 주방의 가장 중책인 식재료 관리를 맡겼고 육유와 채소류까지 뛰어난 칼질 솜씨를 보인 조안을 중심으로 도마 담당 침자(砧子)팀을 구성했다.

마초와 위연은 장비와 겨눌 만한 힘과 기술의 소유자였다. 이들이라면 강철 프라이팬을 손바닥 뒤집듯 가볍게 다룰 수 있는 조리팀을 맡길 수 있을 것이다. 같은 요리에도 자신만의 아이디어를 덧붙이는 봉추는 디저트 팀장으로 적임자였다.

그 밖에도 일식 경력이 있는 젊은 청년을 중심으로 냉채(冷菜)팀을, 집안 살림에 익숙한 주부들로 특별한 테크닉은 필요 없지만 지속적인 불 조절이 관건인 밥 담당 반과(飯鍋)팀을 구성했다. 힘이 좋고 손이 커서 순식간에 밀가루 반죽을 완성할 수 있는 건장한 청년과 아담한 손으로 정교한 기술을 보유한 젊은 여성을 한 조로 이루어 만두와 찐빵, 국수를 만드는 면 담당 면안(麵案)팀을, 50세가 넘도록 호텔주방을 전전했지만 아직도 조리장으로 승격하지 못한 이들에게는 요리의 불 조절을 책임질 화로 담당 노자(爐子)팀을 맡겼다.

힘이 좋고 손이 커서 순식간에 밀가루 반죽을 완성할 수 있는 건장한 청년과 아담한 손으로 정교한 기술을 보유한 젊은 여성을 한 조로 이루어 만두와 찐빵, 국수를 만드는 면 담당 면안(麵案)팀을, 50세가 넘도록 호텔주방을 전전했지만 아직도 조리장으로 승격하지 못한 이들에게는 요리의 불 조절을 책임질 화로 담당(爐子)을 맡겼다.

다음 날부터 유비의 지휘하에 본격적인 경연 준비가 진행되었다. 유비는 성실하고 요리의 기본기가 잘 갖추어진 이들을 팀장으로 중용했고 경력이 화려하지만 실전 요리에 손 놓은 지 오래된 이들은 가차 없이 식자재팀으로 보냈다.

호텔에서는 인정받지 못하다가 생전 처음 팀장에 오른 이들은 신이 나서 열정적으로 자신의 능력을 펼쳐 보였다. 반면 자신의 경력보다 낮은 자리에 배치된 된 이들은 노골적으로 불만을 표출했다. 유비는 이러한 반향을 무시하지 않고 연습이 끝난 후 그들을 따로 불러 황실의 특별 레시피를 가르쳐 주었다. 아직 한국에 알려지지 않은 최고의 레시피로 자존심과 지적 호기심을 충족시켜 주자 불만에 가득했던 경력자들도 서서히 유비를 리더로 인정하기 시작했다.

작고 허름한 도화원에는 30여 명의 요리사가 모여 밤늦도록 유비의 지휘에 따라 황실요리 하나하나를 정복해 나갔다. 샥스핀이나 전복 등 단가가 비싼 재료들은 식재료 준비팀에서 성질이 비슷한 생선이나 소 내장으로 대체하면서 구색을 맞추어 나갔다. 여기저기서 터져나오던 불만의 소리는 유비의 정통한 요리 실력에 차츰 묻혀 갔고 손윗 사람은 물론 자신보다 어린 이들에게도 존대어를 쓰며 배려하는 모습에 스태프들은 점차 유비의 인품에 빠져들었다. 유비는 무거운 야채상자는 솔선수범하여 운반했으며 팀원들이 모이기 전에 아침 일찍 칼과 도마를 깨끗이 정비해 두는가 하면 연습이 끝난 후 마무리 청소에도 가장 열심이었다. 유비를 무시하던 이들도 유비의 한결같은 모습에 감동하지 않을 수 없었다. 유비의 스태프들은 열악한 환경 속에서 힘들게 준비하면서도 최고의 요리를 만든다는 자부심과 서로를 배려하는 훈훈한 분위기에 혼연일체의 강팀으로 변해가고 있었다.

유비는 관우가 깔끔하게 정리해 온 황실 비법 레시피를 한 사람도 빠짐없이 공유하도록 했다. 도화원은 요리에 대한 열정으로 뜨겁게 달궈져 있었으며 밤 12시 연습이 끝나면 남은 재료로 만든 야채볶음과 따뜻한 국밥, 한 사발의 막걸리를 앞에 두고 한자리에 모여 식사를 함께하며 요리에 대한 이야기꽃을 피웠다.

"만한전석의 유래는 청대로 거슬러 올라갑니다. 여진족의 누루하치가 세운 대금(大金)은 그의 아들 홍타이지가 1639년에 대청(大淸)으로 바꾸고 땅 이름도 건주(建州)에서 만주(滿洲)로 바꾸었습니다. 이때부터 여진족이 만주족으로 불리게 된 것이죠. 유목민족이었던 만주족은 지속적인 대륙 정벌에서 승승장구하며 문명국이었던 명나라까지 정벌하게 됩니다.

이때 만주족이 대륙을 차지하고서 시행한 것이 민족융합 정책이었습니다. 물론 중요 관직에는 만주족을 임명하기는 했지만 한족의 문화를 배재하지 않고 고위 관직에도 임명하였으며 심지어는 황제의 스승을 한족으로 임명하여 한족의 전통과 문화를 배우기도 했습니다.

이는 직책과 학문뿐만 아니라 황실의 연회에도 그대로 반영되었지요. 청나라의 강희제는 자신의 천수연(회갑연)에 65세 이상의 노인들을 2,800명이나 초청하여 대 연회를 베풀었습니다. 황제가 마련하는 연회에는 만주식 요리가 주가 되는 만석(滿席)과 한족식 요리가 주가 되는 한석(漢席)을 한데 융합시켰고 이를 가리켜 만한전석(滿漢全席)이라 하는 것입니다."

만한전석은 청나라 때 국정을 돌보느라 쉴 틈이 없는 황제를 위해 짧은 시간 내에 최고의 영양과 최고의 맛을 헌사해야 했습니다. 빠른 시간 내에 편안하게 소화되는 것은 물론이고 저녁 잠자리에 드는 황제의 정력까지 책임져 주는 지상 최고의 보양식이라 할 수 있지요.

만한전석을 준비할 때는 황실 최고의 요리사들도 초조함과 긴장으로 잠을 못 이루었다고 합니다. 그도 그럴 것이 사흘에 걸쳐 만들어야 했으며, 그 종류도 주요리를 비롯하여 전채요리, 딤섬, 과일 등 180여 가지를 준비해야 했으니까요. 정해진 시간 내에 수백 종의 재료를 다듬고 튀기기, 굽기, 찌기, 생채, 삶기 등의 모든 조리법을 동원하여 재료가 가지고 있는 영양가를 파괴하지 않되 입에서 가장 부드럽게 씹히는 최상의 요리로 만들어내야 했습니다.

만한전석을 만드는 중국 황실의 요리사는 한족과 만주족뿐만 아니라 다양한 출신들로 구성되어 있었습니다. 만주족의 요리인 만석이 유목민족의 이동생활에 필요한 에너지와 영양소를 강조했다면 한족의 요리인 한석은 요리의 예법과 전통을 강조하는 우아함이 돋보였습니다. 이 두 가지를 조화롭게 아우를 수 있는 요리사야말로 최고의 요리사라고 할 수 있습니다. 이렇듯 요리와 문화는 맥을 같이합니다. 요리사가 조리법 이외에도 관련된 문화와 역사를 잘 알아야 하는 이유입니다."

시간은 숨 가쁘게 지나 결전을 하루 앞둔 마지막 날이 다가왔다. 그동안의 연습을 마무리하며 유비는 조리팀과 서빙팀을 한자리에 모아두고 직접 담은 동동주를 꺼내어 한 잔씩 돌렸다.

"스태프 여러분, 우리는 한 운명체입니다. 만한전석을 손님께 대접할 때는 특히 주방의 팀워크가 중요합니다. 짧은 시간에 뜨거운 기름에 볶아 내는 챠오라는 조리법이 주를 이루기 때문에 재료를 다듬고 알맞은 크기와 모양으로 순식간에 썰어내야 하는 식자재팀에서부터 찌고 굽고 삶는 조리팀, 접시에 담는 세팅팀, 요리가 식기 전 손님의 상에 올리는 서빙팀 우리 한 사람 한 사람이 서로 손발이 척척 맞을 때야 비로소 최상의 만한전석이 탄생할 수 있습니다. 여러분들은 요리에 대한 꿈에 젊음을 바치고 최선을 다해 살아온 베테랑급 요리사들입니다. 저는 여러분의 힘을 믿습니다."

만한전석의 역사와 문화적 배경, 팀워크의 중요성을 하나하나 차근히 전달하는 유비를 보니 관우는 감개무량했다. 더 이상 도화원 안에만 머무르던, 중국에서 기회를 포기하겠다고 침대에 엎드려 울던 나약한 유비가 아니었다.

싸움에 임하되 물러섬이 없고 싸워야 한다면 반드시 승리한다는 충만한 용기, 턱없이 부족한 비용으로도 대안을 찾는 지혜, 자신의 비법을 과감히 공개하고 팀원들과 더불어 승리하고 자 하는 덕장의 모습을 유비에게서 발견한 것이다.

'삼자경의 전(戰), 상(商), 덕(德)이다.'

관우는 삼자경의 위력이 유비를 통해 발현되는 것을 보며 소름이 돋았다. 이는 단순히 한 사람의 운명을 바꾸는 글자가 아니라 그 사람을 중심으로 한 세상이 바뀌는 주술이기도 했다.

그날은 관우와 장비도 모두 한마음이 되어 앞에 놓인 사발에 동동주를 따르고 결의를 다지는 최후의 잔을 들었다. 유비, 관우, 장비 세 사람은 모두 약속이나 한 듯이 잔을 다른 팀원들보다 낮추어 들었다. 진심으로 열과 성의를 다한 팀원들에게 존경의 뜻을 표하고 '우리'의 승리를 기원했다. 그것은 오직 자신의 가능성을 모두 내보이고 최선을 다한 사람만이 이해할 수 있는 축복의 잔이었다.

유비는 힘들 때마다 자신의 옆을 지켜준 두 친구가 눈물나게 고마웠다. 말수가 적고 내성적인 유비에 비해 술 좋아하고 호탕하며 붙임성이 있는 장비는 사람의 마음을 얻는 데 큰힘이 되었으며, 관우는 철저한 사태 판단력과 정보 전달력으로 레시피를 체계적으로 정리하고 조직적인 팀원 관리를 도와주어 순조로운 준비가 가능했다. 유비는 두 사람의 진정한 친구가 뜻을 함께해 주어 한때 절망으로 소멸해 버릴 수 있었던 자신이 큰일을 도모할 수 있음에 하늘에 감사했다.

결전을 앞둔 4일 전. 인천 공항에는 아르마니 슈트 차림에 선글라스를 낀 마카오 셰프 스티븐 창이 도착했다. 만리장성은 최고급 세단을 준비하고 스티븐 창을 만리장성으로 모시고 갔다. 그의 빠듯한 일정을 알고 있는 손권은 조리장 급 5명만 특별히 만리장성으로 불러들여 스티븐 창과 자신의 요리 과정을 옆에서 볼 수 있도록 조치했다. 물론 두 사람 모두 자신의 최고 요리는 공개하지 않았다. 일반적이되 30분 정도면 해낼 수 있는 냉채요리로 실습을 마무리했다. 손권은 그날 모인 조리장들에게 나머지 스태프들에게는 알아서 전달하도록 지시한 후 현장에서 한눈팔지 않고 지시만 잘 따르면 이번 승리는 문제없을 것이라고 말했다. 조리장들을 돌려보낸 뒤 손권은 스티븐 창을 압구정동에 있는 H클럽으로 데리고 갔다. 매력적인 아가씨와 마시는 향긋한 술 한잔이 세계 공용의 피로회복제라고 생각했던 것이다.

최종 결승전을 알리는 아침이 밝아왔다. 설렘과 두근거림으로 밤잠을 설친 관우는 아침 8시가 되자 노트북을 챙기고 SG

호텔로 향했다. 이번 최종 결승전에는 세계 미식가 심사위원과 함께 기자단과 파워블로거로 구성된 일반인 250명이 함께 평가에 참여할 수 있어서 관우도 일반인 심사단의 자격으로 현장을 관람하며 음식을 시식하고 평가할 수 있게 된 것이다.

간단한 식전 행사가 진행된 후 본격적으로 경기를 알리는 웅장한 음악이 퍼져나왔다. 그랜드 볼룸의 메인 무대를 가리고 있던 붉은 융단 커튼이 거대한 물결을 일렁거리며 양쪽으로 걷혀졌다. 커튼 뒤로 대형 LED 모니터가 두 대가 거대한 몸을 드러냈다. 왼쪽 모니터에는 유비의 주방이, 오른쪽 모니터에는 손권의 주방이 비치고 있었다.

진행자는 두 대의 대형 모니터를 가리키며 최종 결승전의 진행 방식을 설명했다.

"만한전석의 조리팀은 각각 30명 이상이기 때문에 무대 위 오픈형 주방에서 진행하기에는 무리가 따릅니다. 요리의 완벽성과 작품성을 기하기 위하여 선수들은 SG 호텔에서 특별히 마련한 최첨단 시설의 주방에서 조리하게 됩니다. 심사단께서는 조리팀에서 내오는 요리를 맛보는 동시에 무대에 설치된 모니터를 통해 그 과정을 생생하게 지켜보실 수 있습니다.

또한 각 선수의 주방에도 대형 모니터가 한 대씩 설치되어 있습니다. 유비와 손권 요리사는 이 모니터를 통해 요리를 맛보는 심사단들의 표정과 반응을 실시간으로 살필 수 있게 됩니다."

본 경기에 앞두고 두 팀에게 SG 호텔의 식자재 창고가 최초로 공개되었다. 요리사들 사이에서는 '환상의 보물선'이라고 불리는 거대한 식자재 창고였다. 말로만 듣던 SG 호텔의 식자재 창고로 들어선 순간 유비는 입을 다물 수 없었다. 세계 3대 식재료라 일컬어지는 푸아그라, 캐비어, 송로버섯은 물론 산지에서 직송된 샥스핀, 전복, 고래고기 등 진귀한 육해공의 식재료들이 최상의 신선함을 유지하고 있었다. 첫날밤을 맞은 새신랑처럼 유비는 설렘에 심장이 뛰었다.

심사단의 버튼과 연결되어 있는 전광판에 불이 들어오기 시작했다. 세계 미식가 심사단에게는 한 사람당 하나의 전구가 주어지며 일반 심사단은 다섯 명이 한 테이블이 되어 한 테이블에 하나의 전구가 주어졌다. 미식가단의 50개 전구, 일반 심사단의 50개 전구, 이렇게 100개의 전구 중 많은 전구를 정복한 팀이 오늘의 최종 승자가 되는 것이다.

시작을 알리는 징 소리와 함께 주방에는 각각 3대의 ENG 카메라에 빨간 불이 들어왔다. LED 모니터에는 각 주방에서 요리사가 움직이는 모습과 숨소리까지 생생하게 방송되었다. 자신의 칼집을 정비하면서 시작에 임하는 손권, 반면 유비는 90도 각도로 팀원들에게 꾸벅 인사를 하는 것으로 결전의 시작을 알렸다.

'주어진 시간은 4시간. 4시간 안에 자신을 지켜보고 있는 250명의 혀끝을 정복해야 한다.'

유비는 긴장감에 손끝이 파르르 떨렸다. 자신이 떨고 있다는 것을 팀원에게 보이지 않기 위해 아버지가 남기고 간 칼자루를 꼭 쥐었다.

손권의 주방을 촬영하는 ENG 카메라는 손권의 손을 클로즈업했다. 다루기 어렵다는 동충하초, 자격증이 있는 사람만 조리할 수 있는 복어 등 손권은 식재료에 따라 열 종류의 칼을 손가락 움직이듯 자유 자재로 다루었고 그의 손끝으로는 자연산 식자재들이 하나하나의 조각품으로 다듬어지는 듯했다. 심사위원들은 세계 정상급 요리사의 테크닉을 발레 공연처럼 감상했고 곳곳에서 감탄사가 터져나왔다.

유비 쪽 카메라도 동시에 유비를 클로즈업했다. 그런데 웬일일까. 유비는 그동안 쥐고 있던 칼을 놓고 앞치마를 벗더니 모자만 바로 쓴 채 선반 위로 올라서는 것이 아닌가. 아무런 말 없이 기다란 튀김 젓가락을 들고 몇 명을 가리키더니 이들과 눈을 맞추었다.

이 광경을 지켜보던 호텔 측 담당자는 유비의 주방 시설에 문제가 있는지 스태프들에게 확인하도록 했다. 답변은 아무런 이상이 없다는 것이었다.

이 광경을 조용히 지켜보는 또 한 사람이 있었다. SG 그룹의 강 회장. 그는 끝까지 현장에 모습을 드러내지 않았다. 집무실에 마련된 LED TV를 통하여 주방의 모습과 현장의 반응을 동시에 주목하고 있었다. 주방에서 두 요리사를 촬영하는 세 대의 카메라 중 요리 클로즈업을 맡은 한 대는 SG 그룹에서 특수 제작한 요리 촬영 전용 카메라이다. 이 카메라는 요리를 접사촬영하여 재료의 미세한 결까지 정확히 볼 수 있을 뿐만 아니라 요리에서 풍기는 향미까지 흡수하여 화학적으로 분석하는 디지털 시스템이 탑재되어 있었다. 주방의 향료 정보는 전파를 통해 수신기로 전송되고 모니터는 디지털 신호를 해석하여 스피커 옆에 부착된 분자 향신료를 재구성시킨다. 최종적으로 TV는 화면, 음성과 함께 현장의 향기를 생생하게 재현해 낼 수 있었다. 특수 카메라와 TV는 SG 그룹에서 차세대 주력상품으

로 개발하여 아직 대외적으로 발표하지 않은 비밀 장비로 현재
는 강 회장의 방에만 실험적으로 설치하여 가동하는 중이었다.

강 회장의 예상대로 유비와 손권이 최종 결승까지 올라왔으
며 두 청년은 각자 다른 방식으로 결전에 임하고 있었다. 조용
히 유비의 젓가락질을 지켜보던 강 회장은 회심의 미소를 지었
다. 유비가 올라선 조리대 구석에 작은 물건이 보이자 강 회장
은 리모컨을 들어 화면을 정지시킨 후 영역을 확대해 자세히 살
펴보았다. 삼자경이 세겨진 14개의 대나무 목각이었다.

'자네보다는 자네 아들이 훨씬 나은가 보이. 그 짧은 시간에
완성 단계에 이르다니.'

강 회장은 30년 전 중국에서 만났던 오랜 친구인 유비의 아
버지를 떠올렸다. 함께 삼자경을 완성하여 최고의 요리사, 최고
의 경영자로 다시 만나자던 청년 시절의 약속이 엊그제 기억처
럼 생생하게 떠올랐다.

강 회장은 전화기 옆에 있는 녹색 버튼을 눌렀다. 그러자 책
으로 빽빽하게 채워진 서재가 양쪽으로 열리더니 검은색 금고
가 모습을 드러냈다. 강 회장은 금고를 열고 비단 보자기로 싼
삼자경 목각을 꺼냈다. 글로벌 SG 그룹의 총수. 지금의 강 회장

이 있기까지 동고동락을 함께한 소중한 물건이었다.

강 회장은 자신의 목각과 화면에 잡힌 유비의 목각을 한 자 한 자 맞추어 보았다.

人仁愛(인인애) 愼明智(신명지) 戰商德(전상덕), 信誠謙(신성 겸) 體戒(체계) 그리고…

'자네도 아직 하나를 못 찾은 게로군…'

강 회장의 삼자경도 30년이 넘도록 열네 글자 미완성으로 남 아 있었다. 강 회장은 기업을 경영하며 삼자경의 도움을 많이 받았지만 아직 완성하지 못한 한 글자 때문에 불안한 것도 사실 이었다. 중국 출장이 잡히면 바쁜 일정 중에도 꼭 왕사부의 식 당에 들렀는데 왕사부는 극진히 강 회장을 모시면서도 삼자경 의 마지막 한 자를 물어보면 안색을 달리했다.

"삼자경은 그저 요리를 천업으로 삼는 사람들에게 전해져 오 는 것일 뿐입니다. 이제 전세계를 호령하시는 회장님께서 저희 삼자경을 굳이 아실 필요는 없지 않나 싶습니다."라며 화제를 돌리거나 주방으로 자리를 피했다. 안타까운 마음에 강 회장은 제갈공을 찾아가 도움을 요청했지만 제갈공도 삼자경의 14글 자는 알아도 마지막 한 글자는 왕가네 사람들한테만 전해지는 비전이라며 미안해할 뿐이었다. 그렇게 30년간 기다린 마지막 한 글자. 물론 SG 호텔의 조리장을 뽑는다는 공식적인 목적도 있었지만 유비라면 왕사부에게 마지막 비밀의 글자를 알아낼 수 있을 것 같다는 강 회장의 개인적인 목적도 있었다.

'오늘은 과연 그 비밀을 풀 수 있을까?'

삼자경을 만지는 강 회장의 손에 땀이 묻어났다.

강 회장과 동시에 삼자경을 손에 쥐고 만지작거리는 사람이 있으니 바로 유비였다.

'완성하지 못한 마지막 한 글자가 과연 무엇일까?'

유비는 아버지가 남긴 칼에 새겨진 인(人) 자를 통해 삼자경과 운명적인 인연을 맺었다. 왕사부와 제갈공 두 스승과의 만남, 삼자경을 찾는 과정에서 깨닫게 된 장인들의 지혜. 삼자경의 위력으로 자신이 이 자리까지 오를 수 있었지만 아직 풀지 못한 마지막 한 글자가 결정적인 순간에 자신을 흔들어 버릴 것 같았다. 조리팀을 지휘하면서도 유비의 가슴 깊은 곳에 남은 불안감은 사라지지 않았다.

"회장님, 왕사부님과 제갈공께서 공항에 도착하셨다는 전갈입니다."

"아 그래? 그럼 이 사무실로 모시게."

강 회장은 마지막 과제를 만한전석으로 정하던 날 왕사부에게 전화를 걸었다. 이 결승의 우승자에게 황실 요리의 마지막 후계자인 왕사부가 직접 시상을 해준다면 대회의 의미가 더욱 살아날 것이기 때문이다. 강 회장의 뜻을 전해 들은 왕사부는 고마워하면서도 시상자로서의 역할은 고사했다.

"당연히 개최자이신 강 회장님께서 시상대에 오르셔야죠. 그 대신에 제가 강 회장님과 결전의 승자에게 드릴 선물 하나를 가지고 가겠습니다."

강 회장은 그날 밤 마음이 두근거려 잠을 이루지 못했다. 그 선물이야말로 자신이 30년간 기다려온 삼자경의 마지막 한 글자일 것이라는 직감 때문이었다.

강 회장은 멀리서 찾아온 오랜 벗이자 인생의 스승을 정중히 집무실로 맞이했다. 비서의 안내를 받으며 집무실로 들어온 제갈공과 왕사부는 첨단 통신시설과 영상시설이 갖추어진 강 회장의 집무실을 둘러보며 눈이 휘둥그레진 채 한동안 입을 다물지 못했다.

푹신한 소파에 앉은 세 사람은 맑은 차 한 잔씩을 가운데 두고 그동안의 안부를 물은 후 가슴속에 아껴두었던 지난날의 추억을 나누었다.

"그날 제갈공께서는 삼자경의 마지막 글자를 찾으려 혈안이 되어 있는 저에게 마지막 과제를 내셨습니다. 자신처럼 아끼되 자신과 다른 이를 보내라. 그러면 왕사부가 마지막 열쇠를 풀어줄 것이라고."

"허허허. 역시 강 회장님은 적임자를 보내셨더군요. 승보재로 들어오는 유비군을 본 순간 바로 약속한 시간이 다가왔음을 직감할 수 있었습니다."

제갈공의 말에 왕사부도 동감하는 듯 고개를 끄덕이며 방안에 설치되어 있는 모니터로 눈을 돌렸다. 모니터에는 이마에 송골송골 땀이 맺힌 채 경기에 몰두하고 있는 유비의 얼굴이 클로즈업되었다.

SG 호텔의 그랜드 볼룸. 결전은 조용하고 침착한 가운데 진행되고 있었다.

조리사들이 식재료를 다듬는 동안 보도석에는 여기저기서 카메라 플래쉬가 터졌고 온라인으로 현장을 생중계하는 블로거들의 자판 두드리는 소리가 정적을 메웠다. 관우도 막간을 이용하여 자신이 중계하는 사이트에 만한전석에 대한 기본적인 자료들을 정리해서 올렸다.

만한전석은 중국 거대 연회의 하나로 궁중요리의 특징을 잘 보여줄 뿐만 아니라 각 지역 최고의 요리들이 집대성되어 있다. 만한전석은 황실에 기쁜 일이 있을 때 만주족과 한족 고관이 함께 참여한 대형 연회에서 유래되었다. 요리는 총 108종(남방요리 54종, 북방요리 54종)이 나오는데 연회는 3일에 걸쳐 진행되었다.

만주족과 한족의 가장 유명한 반찬과 제철에 나는 신선한 식재료, 진귀한 산짐승 들짐승들이 이용되는데 차거나 뜨겁게 요리해 먹는 고기가 196종류였으며 다과는 124종, 반찬은 320종이었다. 또한 모든 요리는 화려한 칠보와 은기에 담긴다. 연회에는 유명한 연주가를 불러 우아한 분위기를 연출했으며 손님에게는 최고의 예우를 갖추어 서빙하도록 하였다. 분위기와 음식 예법에 흥취한 손님들은 만한전석이 끝날 때까지 자리를 비우지 않았다.

만한전석은 궁중 결혼식에 황제가 친척을 초대하여 정대광명전(正大光明殿)을 벌이는 도몽고친번연(蒙古亲潘宴), 정월 16일에 황제가 친히 공덕이 높은 고관을 초대하는 정신연(廷臣宴), 황제의 생일잔치에 황후와 후궁 문무백관을 초대하는 만수연(万寿宴), 강희제에 시작되어 건륭제 때 성행한 천수연(千叟宴),

강희제가 몽고 서부 지역을 정벌할 때 각 부족장들이 백 개의 선물을 9종 헌납하는 날을 경축하기 위해 만든 구백연(九白宴), 궁중 명절 상차림인 절령연(节令宴) 등 일곱 종류가 있는데 이번 경쟁에서는 만한전석의 백미라 할 수 있는 만수연을 재현하기로 되어 있었다.

경기 시작한 후 20여 분이 지났을까. 각 팀의 서빙 인원이 모습을 드러냈다. 우선 만수연의 시작을 알리는 여인헌명(丽人献茗). 아름다운 여인이 손님을 반기며 귀한 차를 올리는 의례로 노산운모차(庐山云雾)가 올라왔다. 투명한 찻잎이 뜨거운 물에 퍼지며 맑은 노산의 맑은 향과 색을 우려내는 최상급 녹차였다.

다음 순서는 건과사품(乾果四品). 이는 식전에 입맛을 살리는 네 종류의 견과류인데 대추로 만든 연백조보(奶白枣宝) 두 가지 색이 캐러멜인 쌍색연당(双色软糖), 초콜릿을 얇게 입힌 호두 가 가도인(可可桃仁)이 올라왔다.

만한전석에는 메인요리가 중요하기도 하지만 간간이 입맛을 돋우는 디저트가 식전부터 등장하기 때문에 메인요리를 맡은 조리팀과 디저트팀이 초지일관 일사불란하게 호흡을 맞추어야 했다.

맑은 향이 우러나는 차에 달콤한 견과류가 서빙되자 그랜드 볼룸 전체가 맑고 달콤한 향기로 가득 찼다. 특히 손권의 주방에서 나온 건과사품은 프랑스의 디저트를 능가할 정도로 정교하고 아름다워 하나의 예술 작품을 보는 듯했다. 일반 심사단에서는 물론이고 미식가단 곳곳에서 탄성이 들려왔다.

음식이 하나 둘 서빙되면서 전광판에도 색색의 불이 밝혀졌다. 손권의 우세를 알리는 파란색 불빛이 맹렬하게 전광판을 점령하기 시작했고 유비의 존재를 잊지 말라는 듯 간간이 하얀색 전구가 점을 찍었다.

세 번째 순서인 밀선사품(蜜饯四品). 이는 건과사품의 연장으로 꿀에 절인 말린 과일 네 종류가 나왔다. 그 뒤를 이은 발발사품(饽饽四品). 여기서부터가 요리사의 테크닉이 발휘되기 시작한다. 발발이란 떡과 간식을 뜻하며 식전 1회, 식중 주식 역할을 하는 1회, 식후 디저트 역할을 하는 1회, 총 3회가 나온다. 식전에는 작고 부담 없는 양갱 위주로 금고권(金糕卷 강낭콩 소가 들어간 산자과자)과 소두고(小豆糕 팥가루로 만든 시루떡), 연자고(莲子糕 연자밥 시루떡)와 완두황(豌豆黄 완두양갱)이 나온다.

여기까지는 식전 입맛을 돋우고 연회를 준비한 사람의 정성과 기교를 선보이는 맛보기 수준이었다. 다음 요리부터는 본격적인 식사 단계로 들어선다.

향긋한 양념으로 버무린 네 가지 채소 요리 장채사품(醬菜四品). 이 단계에서부터 식재료를 선택하는 조리장의 감각이 요리에 반영된다. 싱싱한 계절 야채를 엄선함은 물론 자극적이지 않고 손님의 입맛에 맞으며 앞으로 나올 요리들과 어우러지는 양념으로 조리되어야 했다.

손권은 싱싱한 바질과 올리브, 적근대와 양파를 선택하여 올리브 오일과 레몬즙을 넣은 아이올리 소스로 가미한 허브 샐러드를 선보였다. 유비는 이에 맞서 무, 고사리, 콩나물, 도라지로 구성하여 엷은 간장 양념에 들깨가루로 버무린 우리 식의 나물무침을 선보였다.

심사단은 냉채 요리를 맛보면서 무대의 대형 모니터를 통해 주방의 모습을 영화처럼 감상했다. 손권이 빠른 손으로 견과를 배합하면 스티븐 창은 꿀에 절이거나 그 위에 초콜릿을 입혔고, 손권이 허브를 다듬어 접시에 올리면 스티븐 창은 세심한 손길로 소스를 올렸다. 철저한 각본에 맞추어 전개되는 요리 영화를 보는 듯했다.

다음으로는 육류가 처음 등장하는 찬합일품(攢盒一品). 여기에는 대형 접시 위에 오향장닭, 염수우육, 고추기름으로 맛을 낸 오리고기, 목이버섯 무침이 한데 어우러진다. 이는 에피타이저의 한 종류로 차가운 고기와 버섯무침이 주를 이루는데 음식의 맛도 맛이려니와 여섯 종류의 고기와 버섯을 어떻게 아름답게 배치할 것인가 하는 조리장의 미적 감각이 발휘되는 순간이다.

황제의 만수무강을 비는 전채사품(前菜四品). 한자 만수무강(萬壽無疆)의 만(萬)자를 새겨 넣은 산호채요리 만자산호백(萬字珊瑚白), 다섯 가지 향으로 맛을 낸 새우 수자오향대하(壽字五香大虾), 소금으로 가미한 소고기 무자염수우육(無字鹽盐水牛肉), 고추기름으로 버무린 천엽 강자홍유백엽(疆字红油百叶)이 순서대로 올라왔다.

요리의 품위와 맛을 잃지 않으면서 연회의 목적인 황제의 만수무강을 기원하는 순서였다. 스티븐 창과 손권은 왕희지의 붓을 빌려 요리하는 듯 색색의 식재료로 아름다운 한자를 수놓았고 심사위원들은 그 모양을 헤치기 아쉬워 젓가락을 들기 저어했다.

다음은 따뜻한 음식의 첫 순서인 선탕일품이 올라왔다. 사슴의 음부를 고아 황제의 정력을 보한다는 요리 장수록변탕(长春鹿鞭汤)으로 이는 황실에서만 먹을 수 있었던 요리였다.

첫 메인요리로 어채사품(御菜四品)이 준비되었다. 이 단계는 곰 발바닥을 조리한 옥장헌수(玉掌献寿), 명주두부(明珠豆腐), 오골계 조림인 수오계정(首乌鸡丁), 오리 혀 요리인 백화압설(百花鸭舌)등 네 가지 요리가 올라왔다.

관우를 포함, 파워블로거들로 구성된 일반 심사단들은 휴대폰으로 올라오는 요리의 사진을 찍고 인터넷에 올리며 실시간 중계에 열을 올렸다. 그들은 생전 처음 맛보는 곰 발바닥, 오리 혀 등의 식감을 생생하게 묘사해 이를 보는 네티즌들을 열광시켰다.

1차 메인 요리가 마무리되면서 흥분된 미각을 진정시키고 주식의 역할을 하는 발발이품(饽饽二品)이 올라왔다. 길게 뽑은 면발이 특징인 장수용수면(长寿龙须面)과 복숭아 모양의 밀빵인 백수도(百寿桃)가 나왔는데 이 요리들은 예로부터 먹는 이의 장수와 건강을 기원하는 요리사의 정성이 담긴 음식이었다.

만한전석의 흐름은 어채사품을 중심으로 진행된다. 어채사품에는 진귀한 식재료가 쓰이기 때문에 요리사는 그 특성에 어울리는 조리법과 양념을 정확하게 배합할 줄 알아야 한다. 앞으로도 세 차례의 어채사품이 남아 있었다. 그런데 이때 손권의 주방에서 이상한 기운이 돌기 시작했다. 1차의 어채사품은 손권과 스티븐 창 그리고 다섯 명의 조리장들이 심혈을 기울여 만들어낸 요리들이었다. 그런데 주식에 이어 내놓아야 할 2차 어채사품의 준비가 채 안 된 것이다. 손권과 스티븐 창, 다섯 명의 조리장 외에 주방 스태프들은 서로 무엇을 해야 할지 두리번거릴 뿐이었고 영어로 지시하던 스티븐 창은 진귀한 식재료와 전문 조리법이 나오자 영어를 알아듣지 못하는 팀원들에게 짜증이 폭발하기 시작했다.

더욱 당황한 것은 손권이었다. 지금까지는 스스로도 요리에 집중할 수 있었고 화면으로 보이는 심사위원단의 만족스러워하는 표정에 일이 술술 풀리나 싶었다. 그런데 다음 요리의 식재료를 준비하고 있겠거니 한 스태프들이 속수무책으로 발만 동동 구르고 있었던 것이다.

흥분한 스티븐 창은 급기야 중국어로 욕을 뱉기 시작했다.

관우는 이 두 사람을 지켜보다 유비의 화면으로 눈을 돌렸다. 유비의 주방은 시종일관 차분했다. 부주방장 장비가 중축이 된 조리팀은 다음 어채로 올릴 요리의 마무리 세팅 중이었고, 칼잡이 조운이 중심이 된 도마팀은 이미 3단계 어채로 올릴 기러기 알 손질을 마친 후 기러기 고기살은 먹기에 알맞은 크기로 썰어내는 중이었다. 한편 디저트팀은 어채 다음에 올릴 춘권을 튀기고 오븐에서 바삭바삭하게 구운 쿠키를 꺼내고 있었다. 유비팀의 스태프들은 서로 말할 필요가 없었다. 까다롭기로 소문난 황실의 조리법이지만 2주 동안 밤을 새워 수십 번 반복한 요리들이어서 눈을 감고도 조리하고 양념할 정도로 손에 익었다.

이런 주방의 모습은 이들의 연습 과정을 잘 알고 있는 관우의 눈에만 포착되었을 뿐 요리에 집중한 심사단들은 이 동요를 눈치채지 못하고 있었다. 그러나 주방의 분위기는 바로 서빙팀을 통해 심사단까지 전달되기에 이르렀다. 객석 앞에 마련된 VIP 심사단에는 손권과 스티븐 창이 직접 준비한 요리들이이어서 서빙팀도 스스로 긴장하고 정성을 다했다. 그러나 뒤편의 일반 심사단에는 손권과 스티븐 창의 요리를 스태프들이 곁눈으로 보고 따라 한 요리들이 서빙되었다. 요리의 모양은 흡사했지만 양념 한 가지가 빠진 듯 허전했고 곰 발바닥 같은 재료들은 딱딱해서 씹다가 뱉어내는 사람들도 많았다. 일반 테이블의 서빙을 맡은 스태프들은 요리를 올리는 순서도 무시했고 테이블에

턱턱 올려놓기만 한 채 다음 요리를 받기 위해 바쁘게 주방으로 돌아가버렸다.

　반면 유비의 팀은 서빙 태도도 달랐다. VIP 테이블을 맡은 스태프들은 물론이려니와 연회장 가장 끝자리에 있는 일반 테이블 서빙까지 음식의 순서를 제대로 숙지하여 먹기 좋은 위치에 요리를 올려놓았다. 그뿐만 아니라 친절한 어투로 요리에 쓰인 식재료와 조리법을 설명해 주었으며 음식물로 더러워진 테이블을 수시로 정리하고 수저가 떨어지거나 냅킨이 부족하면 웃는 표정으로 다시 채워주었다. 주방의 요리는 일사불란하게 준비되었고 가장 먼 위치의 테이블에는 보폭이 큰 장신 스태프들이 서빙을 맡아 뛰거나 서두를 필요도 없었다.

　초반의 긴장감으로 제맛을 내지 못했던 조리팀들도 서서히 안정을 찾아가며 연습으로 다져진 실력을 발휘했다. 만한전석에는 총 108가지의 요리가 조리되어야 하는 만큼 약한 불로 푹 고아내는 빠(扒), 고온에 튀겨내는 자(炸), 양념으로 볶아내는 챠오(炒), 음식물을 튀기거나 삶거나 찐 후 양념이나 전분 등으로 만든 소스를 입혀 가열하는 리우(熘), 찌거나 튀기거나 살짝 볶은 다음 국물과 양념을 넣고 다시 볶거나 졸여내는 샤오(烧) 등의 조리법을 자유자재로 구사할 수 있어야 했다.

면식을 맡은 디저트팀도 갈수록 정교한 손놀림을 보였다. 파티시에 경력이 있는 요리사들은 섬세한 손끝으로 교자를 빚어냈고, 힘이 센 요리사들은 밀가루 반죽에서부터 면발 뽑기, 찜통에서 쪄내기까지 힘이 많이 드는 국수와 밀빵을 뜨끈뜨끈하고 푸짐하게 만들어냈다. 다음 차례의 발발을 마무리하고 이미 몇 사람은 그 다음 차례로 나갈 죽 재료 준비로 들어갔다.

관우는 이 장면을 보며 전쟁 영화를 떠올렸다. 요리사들은 군사들이고 식재료들은 군대가 확보한 화살과 탄약이었다. 손권의 부대는 일진의 장수들만 화살을 명중시켰고 이를 제외한 2진의 군사들은 손발만 동동 구르는 오합지졸이었다. 2진이 쏜 오발탄은 적들을 명중시키지 못하고 힘없이 허공에서 떨어졌다.

반면 유비 진영은 고된 훈련을 통해 갈고닦은 병술과 철저한 전략을 바탕으로 확보한 화살과 탄약을 낭비하지 않고 적진을 공략해 나갔다. 군사들이 쏘아올린 화살은 VIP 심사단들의 미각을 사로잡았고 가장 멀리 자리한 테이블의 일반 심사단의 입맛까지 명중시켰다. 일진은 최전방에서 물러섬이 없이 실전에 맞서나갔고 후진은 다음 전투를 위한 화살과 화약을 철저히 준비해 두고 있었다.

최고의 테크닉을 자랑하는 손권이지만 예상치 못한 상황에

당황하자 자신의 요리에도 집중할 수 없었다. 성격이 불같은 스티븐 창은 이미 칼을 내동댕이 치고 팀원들을 다그치기만 했다.

손권이 경기에 임할 때 일반 심사단은 염두에 두지도 않았다. 요리도 먹어본 사람이 맛을 안다고 세계 미식가들이라면 자기 요리의 진가를 인정해 줄 것이지만 일반 심사단은 아직 계몽이 필요한 대중이라고 생각했기 때문이다.

자신과 스티븐 창이 50명의 미식가단만 사로잡는다면 나머지 250명은 호텔 주방장들이 알아서 처리하리라 여긴 것이 오산이었다. 일반 심사단의 수준은 예상 밖이었다. 아차 하는 순간 맹렬했던 파란 불빛은 하나 둘 숫자가 줄어들었고 그 공간을 하얀 불빛들이 하나하나 치고 올라왔다. 전구 하나하나의 위력을 이제야 절감하는 것이었다. 눈을 지그시 감고 도마에 칼끝만 두드리는 손권. 후회해도 아무런 소용이 없었다.

유비는 애초부터 VIP와 일반 심사단의 경계를 나누지 않았다. 유비에게는 250명 한 사람 한 사람이 자신의 요리를 기다려 주고 기대하며 맛볼 고마운 손님이었다. 유비는 무엇보다 사람의 혀끝은 정직하며 정성과 사랑이 담긴 요리만이 마음을 감동시킬 수 있다고 굳게 믿었다. 이는 도화원에서 짜장면 한 그릇을 만들 때 시작하여 왕사부의 주방에서 황실요리를 배울 때

굳힌 마음이었다. 요리 앞에서라면 황제와 백성이 모두 평등하다는 왕사부의 가르침이 멀리서 들려오는 듯했다.

'그래 삼자경의 신성겸(信誠謙).'

유비는 마음에 삼자경의 세 글자를 다시 새겼다. 함께 길을 가는 사람들을 신뢰하며 요리에 임할 때 정성을 다해 자신을 낮추고 타인을 위하는 태도.

초반부터 전광판을 강렬하게 점령하던 파란색의 기세가 주춤거리더니 하얀 불빛이 그 자리를 하나 둘 차지해 나갔다. 인삼과 황기를 넣어 푹 곤 삼황둔백봉(参芪炖白凤)이 어채로, 뒤를 이어 장춘권(长春卷)과 견과류 강정인 국화불수소(菊花佛手酥)가 발발이품으로 나가면서 파란불과 하얀불의 전세가 동등해졌다.

자신의 영토를 하나하나 침범해 오는 유비의 기세에 손권은 점차 불안해졌으며 두려움은 스태프를 향한 화로 표출되었다. 앞으로 한 차례의 어채사품과 발발이품이 남아 있었다. 마지막 승부수는 만한전석의 절정이라 불리는 최후의 어채사품에 걸어야 했다. 최후의 어채사품에는 해육쌍순사(蟹肉双笋丝 바닷가재 죽순채 볶음), 도인산계정(桃仁山鸡丁 야생 닭 호두조림), 우류초백마(牛柳炒白蘑 소고기와 마를 넣은 볶음), 송수호두마(松树猴

头蘑 원숭이 머리 버섯 요리)가 올라가야 한다. 각각의 요리는 바닷가재, 죽순, 야생 닭, 소고기, 원숭이 머리 버섯 등 가장 진귀하고 영양가가 높은 산해진미가 들어가 난도 높은 조리 기술이 필요한 요리였다. 식재료 계량에서부터 다듬기, 썰기, 조리하기, 접시에 담아내기, 적절한 온기를 유지한 채 서빙하기까지 이 모든 절차가 하나로 조화를 이루어야 최후의 어채사품을 연출하는 게 가능하다.

뚝심 있는 장비도 이 순간 마음이 흔들렸는지 유비를 바라보았다. 유비도 장비의 눈을 바라봤다. 두 사람의 모습이 카메라로 클로즈업되었고, 이 장면을 멀리서 앉아 있던 관우도 지켜보고 있었다.

유비는 여전히 조용하고 온화한 미소를 지으며 젓가락을 들어올렸다. 신호를 받은 장비는 우렁차게 소리쳤다.

"자~ 출격입니다!"

주방의 모든 스태프가 "출격~" 하는 함성과 함께 자신의 역할에 몰두하기 시작했다. 식자재팀에서는 바닷가재의 껍질을 갈라 희고 싱싱한 살을 곱게 발라내었으며 조운은 다루기 어렵다는 산닭을 생선회 뜨듯 결에 따라 살만 곱게 발라내어 냉동고기 썰듯 정확하게 정방형으로 썰어내었다. 원숭이 머리 버섯은 실온에 오래 두면 녹아버리는 특성이 있어 식재료로 직접 다뤄본 경험이 있는 60세의 노익장 황충이 맡았다.

미식 분야 파워블로거로 구성된 일반 심사단은 두 팀의 평가에 VIP 못지않은 전문성과 객관성을 보여주었다. 숨은 맛집을 찾아내어 전문가적인 식견으로 재평가하는 데 사명감마저 느끼던 이들이었기에 셰프의 명성과 경력보다는 요리사의 손끝이 식재료의 맛을 얼마나 살리는가에 평가의 기준을 세웠다. 그들은 모니터를 통해 주방의 사소한 숨소리까지 놓치지 않았으며 요리를 진중하게 맛보고 서로 의논하며 신중하게 평가해 나갔다.

손권의 동요를 알 리 없는 유비는 마지막 전채사품 세팅을 마무리하여 서빙팀으로 보낸 후 모니터를 통해 심사위원단의 표정을 살폈다. 만족감이 가득한 심사위원단의 표정을 보고서야 승리의 자신감이 붙기 시작했다. 이제 전광판의 하얀색 전구가 파란색을 압도하는 추세였다.

'이제 남은 것은 최후의 발발이품. 여기서 승부에 쐐기를 박아야 해.'

유비는 심호흡을 하며 흥분된 마음을 가라앉혔다. 최후의 발발이품, 세계적 요리를 경험한 까다로운 미식가일수록 메인 디시보다 식후 디저트를 보고 셰프의 감각과 레스토랑의 수준을 평가한다. 그래서 5성급 이상의 고급 호텔이나 유명 레스토랑이 최고의 디저트를 위해 거액을 투자하며 세계적인 파티시에를 초빙해 오는 것이다. 예전에는 고급 프렌치 레스토랑만 정식 디저트를 준비했지만 요리가 퓨전화되고 국경이 사라지면서 오리엔탈, 지중해식, 유러피안 레스토랑에서도 디저트의 중요성이 강조되는 추세였다.

이번의 발발이품으로 유비 자신이 이제까지 조리해 온 모든 요리를 평가받게 될 것이다. 만한전석의 화룡정점인 마지막 디저트. 유비의 머릿속에 중국에서 호텔 침대에 누워 읽던 손자병법의 한 구절이 생각났다.

'정공법과 게릴라전을 적시적소에 활용하라.'

만한전석의 정통법에 충실한 손권의 성향으로 짐작해 볼 때 상대는 인삼과(人參果)와 핵도락죽(核桃酪)을 준비할 것이다. 마지막 결전인 만큼 최고의 테크닉을 가진 손권과 스티븐 창이 직접 조리할 것은 분명했다. 정공법으로 맞선다면 아무리 사기가 충천한 팀원들이지만 세계적 요리사인 손권과 스티븐 창의 실력을 이기기는 쉽지 않은 노릇이었다. 유비는 다시 고심했다.

모니터에 고심하는 유비가 클로즈업되었고 이를 지켜보던 관우도 유비의 마음을 읽을 수 있었다.

'게릴라전이 필요하다. 유비는 과연 어떤 카드를 내놓을 것인가?'

유비는 호텔 파티시에 출신의 디저트 팀장 봉추와 조리팀의 장비를 불렀다. 세 사람은 차근차근 심사위원단의 특성을 바탕으로 발발이품을 재해석했다. 우선 한국인인 일반 심사단의 관점에서 디저트를 바라보았다. 우유와 호두를 맑게 갈아 높은 온도로 죽처럼 끓여낸 핵도락. 죽의 식감은 한국인에게는 익숙하지만 주재료인 우유와 호두는 배부른 식사 후 디저트로 먹기에 다소 느끼하고 부담스럽게 느껴질 수 있다. 인삼을 튀겨 조청을 발라낸 인삼과는 핵도락과는 반대로 맛으로 치자면 쌉쌀하여 한국 사람들이 선호할 디저트였지만 기름에 튀겨내는 조리법이 부담스러웠다.

그다음으로는 VIP 심사단의 관점으로 발발이품을 재해석하는데 차분했던 유비도 걱정이 앞섰다. 세계적인 미식가들은 손권과 자신이 내온 디저트의 미세한 맛이 차이까지 집어낼 절대

미각의 소유자였다. 이들에게 손권과 똑같은 디저트로 승부를 건다는 것은 힘들게 점령한 영토를 손권에게 다시 고스란히 넘겨준다는 의미와 다를 바 없었다.

"입맛이 까다로운 미식가일수록 쓴맛 대신 단맛을 선호하던데…"

혼잣말을 하던 유비를 보더니 파티시에 봉추가 "와우!" 하고 소리를 질렀다.

"프랑스의 마카롱이에요. 인삼과로는 달콤함 맛을 편애하는 그들의 입맛을 사로잡을 수 없어요. 그 대신 계란 흰자의 머랭으로 색색의 꼬끄를 구워 일단 눈으로 매혹시킨 후 오렌지 마멀레이드 대신 설탕을 충분히 넣고 졸인 인삼 마멀레이드로 필링을 만들어 넣는 겁니다."

맥도널드의 빅맥버거와 소프트아이스크림이면 사족을 못 쓰던 장비. 그도 반짝거리는 아이디어가 있는지 생글거리며 유비를 바라봤다.

"핵도락, 미식가들은 월넛을 좋아하지만 죽에 넣어 풀어진 호두를 보고 그리 유쾌하진 않을 겁니다. 죽 대신 상큼한 아이스크림으로 승부하자고요. 호두와 생크림을 갈아 얼리고 헤이즐넛 시럽을 가미하되 유지방 함량을 최소화한 저지방 생크림을 쓴다면 서양인이나 동양인 누구나 좋아하는 최상의 월넛 셔벗을 만들어낼 수 있지 않을까요?"

유비는 긴장이 감도는 순간 짧은 시간에 최상의 아이디어를 내준 두 사람이 한없이 고마웠다. 세 사람은 잠시 머리를 맞대고 소곤거리더니 각자 제자리로 돌아갔다. 조리를 담당하던 장비가 팀원 중 여성 요리사들만 데리고 디저트팀으로 합류했다.

각자 포지션의 지시를 마치고 돌아서는 순간 유비의 눈에는 눈물이 그렁그렁 맺혔다. 자신을 믿고 따라준 친구와 팀원들. 그리고 긴박한 순간에는 자신이 생각지도 못한 아이디어로 스스로 최고의 역량까지 끌어내는 그들에게 무한한 존경과 감사의 마음이 솟구쳤다.

정공법과 게릴라전. 손권과 같이 하되 다른 아이디어로 공략한다. 동일한 재료를 쓰되 식습관을 고려한 색다른 조리법으로 적군의 허를 찌른다. 마지막 발발이품이 완성되었다.

앞자리에서 요리를 시식하던 VIP 심사단에서 마지막 발발이품을 먼저 맞이했다. 세계요리에 정통한 이들이었기에 3대 요리로 불리는 중화요리에도 이해가 깊었으며 만한전석의 대미를 장식할 디저트는 인삼과와 핵도락이라는 사실을 잘 알고 있었다. 손권의 주방에서 나온 인삼과와 핵도락을 맛보고 뛰어난

맛에 고개를 끄덕이던 심사단들은 뒤이어 서빙되는 유비의 발발이품을 보고 놀라움을 금치 못했다.

인삼 마카롱과 월넛 셔벗. 곳곳에서 '오마이갓'이라는 탄성이 들렸다. 놀라운 것은 관우도 마찬가지였다. 손권의 인삼과와 핵도락은 여태까지 먹어본 발발이품 중 가장 훌륭한 것이었다. 살짝 유비의 마지막이 걱정되던 찰나 유비의 주방에서 나온 디저트는 손권의 것과는 전혀 다른 디저트였다. 부드럽고 바삭한 꼬끄에 촉촉하고 달콤한 필링으로 조화를 이룬 인삼 마카롱의 맛, 다소 느끼한 호두를 고소하고 청량하게 살려낸 월넛 셔벗. 그동안 백여 가지의 식재료를 씹어 삼키느라 피로를 느끼던 입에 인삼의 달콤 쌉싸름한 바람이 불었고 미처 자극받지 못했던 혀 곳곳의 미각에 월넛 셔벗은 눈처럼 녹아내렸다.

미식가단은 최후의 평가인 만큼 시식에 집중했고 일반 평가단은 하나의 조각처럼 예쁘게 세팅된 최후의 디저트를 촬영하기에 정신이 없었다.

유비의 발발이품은 만한전석의 마지막을 알리는 고별향명(告別香茗 이별을 고하는 꽃차), 말리작설호(茉莉雀舌毫 작설차에 자스민 향을 입힌 차)와도 부드럽게 연결되었다.

고별향명이 올려지고 전광판에는 심사 종료를 알리는 카운

트다운이 시작되었다. 그리고 마침내 우렁찬 징 소리와 함께 최후의 결전이 마무리되었다.

장장 4시간에 걸쳐 이루어진 만한전석 대결전, 최종 결과는 발발이품으로 승부를 건 유비의 압승이었다. 초반에 맹렬하게 퍼져나가던 파란 전구는 21개에 머물렀고 나머지 79개의 전구가 전광판을 하얗게 물들이고 있었다.

유비의 주방을 비추는 모니터에는 앞치마와 모자를 벗어던지며 서로 부둥켜안으며 승리의 기쁨을 나누는 스태프들이 보였다. 반면 손권 쪽 모니터에는 끝까지 영어와 중국어를 섞어 불만을 털어내는 스티븐 창, 조용히 두 사람의 눈치만 보고 있는 스태프들, 아무 말없이 자신의 칼과 도구를 챙기는 손권의 모습이 비쳤다. 두 사람의 위대한 셰프는 최후의 견습생까지 100퍼센트 이상 능력을 발휘한 유비의 팀 앞에 무력하게 쓰러졌다.

팀원과 함께 승리의 기쁨을 만끽하던 유비는 마지막으로 그들을 향해 두 손 높여 엄지손가락을 번쩍 들어올리며 바닥에 엎드려 큰절을 올렸다.

이 광경을 끝까지 바라보던 관우도 멀리서 그들과 승리의 기쁨을 함께했다. 유비는 장장 4시간에 걸친 교향곡을 성공적으로 연주해 낸 최고의 마에스트로였다. 지휘봉 대신 튀김용 젓가락을 집어든 유비는 각 요리사들의 특장점을 파악한 후 식재료의 특성에 맞게 그들의 자리를 배치했다. 정성을 다한 요리가 최적의 온도로 심사단의 입까지 전달되도록 조리팀과 서빙팀의 하모니를 강조했고 양념 이용에도 강약을 살려 미각에서 느낄 수 있는 감동을 최대한으로 증폭시켰다.

유비의 팀에서 연출한 만한전석은 웅장한 교향곡과 같았고 이에 감동한 심사단들은 하나둘씩 기립 박수를 치기 시작했다. 유비가 지휘한 만한전석은 요리사에게는 꿈과 성취감을, 대접받는 이에게는 미식의 극한 감동을 맛보게 해준 최고의 연회였다.

팀원들과 승리의 기쁨을 함께하던 유비의 눈에 도마 옆에 놓아둔 아버지의 칼과 삼자경이 들어왔다. 목각 두루마리로 아버지의 칼을 감싸 자신의 품안에 넣었다.

SG 그룹의 만한전석 결전은 TV와 인터넷을 타고 생방송으로 중계되었다. 손권과 스티븐 창을 쫓던 언론사 기자들은 무명에서 요리계의 일인자로 급부상한 유비를 조명하기 위해 도화원으로 몰려들었다.

그 시간에 유비는 도화원을 이미 떠나고 없었다. 아침 일찍

시상(柿霜),
밤이슬을 품은 서리

강 회장의 연락을 받고 SG 그룹 본사로 이동 중이었다. 장비와 관우, 두 친구와 함께였다. 장비는 그날도 아침 일찍 문을 연 맥도널드에 들렀는지 왼손에는 빅맥버거 오른손에는 초코소프트 아이스크림을 들고 우적우적 먹어대며 차에 올랐다.

 세 사람은 비서를 통해 강 회장의 집무실로 안내받았다. 묵중한 문이 소리 없이 열렸다. 열리는 문 사이로 강 회장보다 반가운 두 얼굴이 유비의 눈에 먼저 들어왔다. 바로 제갈공과 왕사부였다. 유비와 관우, 장비는 반가운 나머지 "스승님!" 하고 소리치며 그들에게 안겼다. 강 회장도 인자한 웃음으로 세 청년과 두 스승의 해후를 바라보았다.

"유비군, 승리를 축하하네. 그리고 관우, 장비군, 그동안 친구를 도와 고생이 많았네."

강 회장이 세 청년을 보고 어깨를 두드려 주었다.

"제갈공과 왕사부께서 자네들을 축하해 주기 위해서 멀리 중국에서 특별히 오셨다네."

왕사부는 호텔 주방을 빌려 간단하게 만들어 온 전복죽을 사발에 담아 아침으로 대접했다. 따뜻하게 데운 소흥주도 잊지 않았다. 한자리에 모인 여섯 사람은 앞에 채워진 술잔을 비우며 유비의 승리를 다시 한번 축하했다. 유비는 자신에게 비법을 전수해 준 왕사부를 바라보며 특별히 고마움을 표시했다. 이제 스승보다 앞으로 연봉 주실 강 회장님을 챙기라며 장비가 유비의 옆구리를 툭 치자 자리에는 다시 웃음꽃이 피었다.

따뜻한 전복죽과 함께 여섯 사람의 훈훈한 대화가 이어졌다. 관우는 강 회장의 자리 옆에 자신들이 찾아온 것과 같은 또 하나의 삼자경 목각이 놓여 있는 것을 발견했다. 그때 마침 장비도 강 회장의 삼자경을 발견했는지,

"어 회장님도 마지막 한 글자를 발견하지 못하셨군요."

하고 유비의 삼자경과 강 회장의 그것을 집어 맞추어 보았다.

그러자 왕사부는 장비로부터 두 벌의 삼자경을 전해받은 후 각각 강 회장과 유비의 손으로 돌려주었다.

"자 이제 두 분께 삼자경의 마지막 남은 한 글자를 말씀드릴 시간입니다."

제갈공을 제외한 다섯 사람은 삼자경을 바라보며 숨을 죽였다.

"강 회장님, 그리고 유비군, 이제 삼자경 목각을 엮었던 가죽 끈을 풀어주십시오."

"삼자경을 찾아내기 위해 저희가 얼마나 고생을 했는데요. 다 완성하기도 전에 풀어내라니요…"

장비는 강 회장과 유비를 대변하는 듯 울분을 토하며 왕사부를 쳐다보았다.

그러자 옆에 앉아 있던 강 회장 먼저 아무 말없이 삼자경을 풀어내기 시작했다. 유비도 강 회장을 따라 목각을 묶었던 가죽 끈을 풀어내었다. 강 회장의 삼자경은 시간이 오래되어 그런지 손에 힘을 주자 툭 하고 쉽게 풀렸다. 반면 유비는 요리하면서 묻은 기름과 양념 때문에 가죽이 더 질겨져 아무리 힘을 주어도 쉽게 풀리지 않았다. 이를 보다 못한 장비가 유비의 손에서 삼자경을 가져와 있는 힘껏 가죽끈을 잡아당겼다. 그러자 유비의 삼자경도 툭 하고 바닥에 흩어졌다.

강 회장의 삼자경은 30년 동안 강 회장의 옆을 지키며 SG 그룹의 성장에 근간이 되었고 유비의 삼자경은 짧은 3개월이었지만 골목에서 짜장면을 만들던 초보 요리사를 세계의 미각을 사로잡는 베테랑 요리사로 성장하게 했다.

30년을 기다린 강 회장의 삼자경, 3개월 동안 엮어 내려간 유비의 삼자경. 이 두 벌의 책 풀이가 한순간에 이루어졌다.

왕사부가 흩어진 목간을 한 쪽으로 치워냈다.

"이제 테이블 위에 무엇이 보이십니까?"

"무엇이 보이다니요. 가죽끈밖에 보이지 않는데요."

장비는 삼자경을 잇고 있었던 가죽끈을 만지작거리며 애석한 소리로 대답했다.

"예 맞습니다. 바로 이것이지요."

왕사부는 가죽끈을 만지작거리며 말을 이었다.

"이것이 바로 두분이 애타게 찾으시던 삼자경의 마지막 글자입니다."

"예? 가죽끈이 삼자경의 마지막 글자라니요?"

관우가 놀라며 왕사부를 쳐다보았다. 놀라기는 강 회장과 유비도 마찬가지였다.

"삼자경의 마지막 한 글자는 바로 이 가죽을 뜻하는 혁(革)
자였습니다."

왕가의 마지막 글자를 처음 듣는 제갈공도 놀란 기색이었다.

"예. 보통 가죽제품을 피혁(皮革)이라고 하는데 피(皮)와 혁(
革)은 똑같은 가죽인 것 같지만 그 의미에 차이가 있습니다. 예
컨대 《주례(周禮)》에 보면 '가을에는 피(皮)를 거두고 겨울에는
혁(革)을 거둔다(秋斂皮, 冬斂革)'라는 말이 나옵니다."

제갈공은 왕사부의 이야기를 듣더니 고개를 끄덕였다. 그리
고 나머지 설명을 이어갔다.

중국 후한 때 허신이 편찬한 《설문해자(說文解字)》를 보면 가
죽 피(皮)는 "짐승 가죽을 벗겨낸 것을 피(皮)라 한다. [剝取獸革
者, 謂之皮]"고 하였고 반면 가죽 혁(革)을 풀이하기를 "짐승의
가죽에서 그 털을 다듬어 없앤 것으로 '혁(革)'은 고친다는 뜻이
다. [獸皮治去其毛曰革. 革, 更也]"라고 하였습니다.

즉, 혁(革)은 갓 벗겨낸 가죽인 피(皮)를 무두질하여 새롭게
만든 가죽으로, 달리 해석하면 '면모를 일신한다'는 뜻을 갖게
되었습니다.

또한 주역(周易)의 잡괘전(襍卦傳)에도을 살펴보면 '혁'에 대

한 가르침을 발견하게 되는데 "혁(革)은 옛것을 없애는 것이다(革, 去故也)."라고 하였고, 정현(鄭玄)이 주석에 "혁(革)은 고친다는 뜻이다(鄭玄日, 革, 改也)"라 한 것도 이를 나타냅니다.

그러자 왕사부는 강 회장을 바라보며

"회장님, 그동안 회장님의 간곡한 부탁에도 불구하고 이 글자를 숨긴 것을 용서해 주십시오. 이는 요리사들의 삼자경이라 경영하시는 분께는 어떠한 영향을 드릴지 몰라 오늘날까지 못 드리고 있었던 것입니다. 그러나 오늘 유비라는 청년을 알아보시고 최고의 요리사로 성장시키신 회장님의 안목을 보니 제가 괜한 걱정을 했나 봅니다."하며 삼자경에 대한 설명을 이어갔다.

"삼자경을 찾기 위해 저잣거리를 돌아다니던 아이들은 삼자경을 되새기면서 요리에 임하는 태도, 철저히 준비해 나가는 신중함, 자신의 요리실력을 연마하면서도 다수의 요리사들을 일사불란하게 지휘할 수 있는 통솔력을 배워나갔습니다. 이 과정에서 삼자경은 요리를 배우는 아이들에게 일종의 주문과 같은 역할을 했습니다. 조리법에 관련된 글자는 아무것도 없었지만 요리를 하면서 어려움에 닥칠 때마다 이 글자들을 입으로 중얼거리다 보면 그때마다 엉켜 있던 실마리를 풀어낼 수 있었으니까요. 그러면서 자신만의 음식보감(飮食寶鑑)을 한 장 한 장 채워나갈 수 있었던 것입니다. 그런데 한 가지 중요한 것을 잊고 있었습니다. 삼자경에 관심을 가질수록 이미 찾아낸 글자에 집착하게 된 것이지요. 특히 마지막 5절을 찾는 단계까지 오면 마지막 글자를 찾아낸다면 자신이 완벽(完璧)한 요리사가 된다는 환상까지 갖게 되었습니다.

그래서 집안 어른들께서 생각하신 지혜가 바로 마지막의 책풀이입니다. 아이들이 이제까지 쌓아온 노력과 수고를 다치지 않고 책려하면서 다시 새롭게 시작하라는 의미에서 혁신의 '혁(革)' 자를 마지막 자로 넣으신 것이지요."

"아니! 그렇다면 열네 글자를 찾은 단계에서 삼자경은 이미 완성된 것이었네요."

장비가 억울해하며 왕사부에게 물었다.

"저의 윗대 어른들은 삼자경을 완성하고 어엿한 요리사로서 황실 주방에 입성한 저에게 만한전석의 유래를 설명하며 이런 말씀을 덧붙이셨습니다.

'황실의 주방을 관할하는 자리에는 주인이 따로 없다. 실력만으로 주인의 자리를 겨눌 뿐이다. 또한 너에게 그렇듯 기회는 다른 이에게도 항상 열려 있는 것이다.'

저는 일단 황실의 요리사가 된 다음부터는 하루도 현실에 안주할 수 없었습니다. 요리 하나 하나에도 제대로 된 맛과 영양을 담기 위해 승부근성을 가지고 도전해야 했고 황실에 입성한 지 얼마 안 돼 주방에서 쫓겨나는 동료들도 부지기수였답니다.

황실의 주방에서는 출신과 민족에 대한 차별 없이 서로를 존중하는 분위기였습니다. 그들은 '최고의 요리'만을 고집하는 요리의 대가들이었기에 맛있는 조리법과 신선한 재료를 빠르게 입수하는 정보가 세력 다툼보다 우선이었죠.

따라서 최고의 요리사 자리는 철저하게 실력을 검증하여 선발했습니다. 그리고 일단 선발된 최고의 요리사에게는 절대적인 권한을 부여하고 주방은 그의 명령에 따라 일사불란하게 움직이는 것이죠.

만한전석은 황실의 권위와 세력가들도 침범하지 못하는 '요리'의 최고 가치였고 무수한 요리 대가를 제치고 저희 왕가에서 그 전통과 맥을 오늘날까지 이어올 수 있었던 비결은 바로 이 혁 자를 포함한 삼자경 열다섯 글자에 있었습니다."

설명을 마친 왕사부는 직접 챙겨온 금색의 종이상자에서 요리 한 접시를 꺼내었다.

　제가 강 회장님과 유비군을 위해 특별히 만든 "구선왕도고(九仙王道糕)"입니다.

　테이블에는 하얗고 고슬고슬한 떡 한 접시가 놓였다. 생김새는 백설기와 비슷했다.

　"예로부터 약식동원(藥食同源)이라 하여 약과 음식의 근원은 한 가지라 하였지요. 오늘 귀한 손님을 맞아 특별히 준비한 음식은 약떡의 대표격인 구선왕도고(九仙王道糕)입니다. 이 떡은 황실 요리의 한 가지로 황제들이 즐겨 드셨던 별식이기도 하지만 두뇌활동을 촉진시키는 효과가 있어 사대부 자제들이 과거 공부를 위해 먹기도 했습니다.

　왕사부는 각자의 앞에 놓인 잔에 따뜻한 찻물을 따른 후 떡을 썰어 한 사람 한 사람 접시에 올려주었다.

　'구선왕도고(九仙王道糕)라 떡이름 한번 거창하구먼…'

　조용히 이를 바라보고 있던 관우는 떡 이름을 되뇌며 앞에 놓인 떡을 한입 베어 물었다. 여타 백설기 맛과 비슷하겠거니 했는데 이게 웬일인가. 텁텁하지 않고 부드럽게 씹히어 혀끝에 닿는 첫맛은 달콤하면서도 목으로 넘어가는 끝 맛에는 약초의 향이 입안에 가득 퍼졌다. 이전에 먹어본 떡과는 차원이 다른 맛이었다. 고명으로 얹은 잣이 씹히자 떡 맛에 고소한 느낌표를 찍는 듯했다.

왕사부의 요리는 하나도 빠짐없이 맛보았다는 강 회장도 이 떡은 오늘 처음 맛보는 것인지 놀라움을 감추지 못했다.

"이거 전혀 새로운 맛인데. 내가 그렇게 식당 문이 닳도록 찾아가도 이런 떡을 한 번도 해준 적이 없더니 자기 제자 생겼다고 사람 차별하는 건가. 허허허."

왕사부는 강 회장을 바라보고 미안한 웃음과 함께 손을 저으며 이야기를 이었다.

"구선왕도고는 중국뿐만 아니라 한국의 조선시대로부터 널리 알려져 내려온 약떡입니다. 연육(蓮肉 연밥), 백복령(白茯苓 흰 솔풍령), 산약(山藥 볶은 마), 의이인(薏苡仁 율무)와 맥아(麥芽), 검인(芡仁 가시연밥), 백편두(白扁豆)를 갈아 멥쌀과 찹쌀가루와 함께 반죽한 후 쪄서 만들어내지요."

허준의 동의보감에서도 이 떡을 기록한 부분이 있습니다. 비가 허한 데 쓰는 약(脾虛藥)과 내상 때 조리하고 보하는 약(內傷調補藥)에서 찾아볼 수 있는데, 정신을 맑게 하고 원기를 보충하며 비위(脾胃)를 든든하게 하고 입맛을 돌게 하니 손상된 것을 보하고 살찌게 하며 습열(濕熱)을 없앤다.”라고 하였지요.”

“그럼 왕사부는 허준의 동의보감도 공부하셨단 말씀입니까?”

중국 황실요리사의 후대가 한국의 의약서인 동의보감의 내용을 인용하다니. 떡을 먹다가 놀란 관우가 딸꾹질을 했다.

“사람이 먹어서 맛있고 몸에 좋은 음식을 하늘처럼 받드는 요리사에게 중국과 한국, 동양과 서양의 구분이 따로 있겠습니까? 이 떡은 평상시에 먹는 음식을 통해서 두뇌활동을 촉진하고 원기를 보호하여 병을 예방하려는 의학의 지혜가 더해져 그 맛과 영양이 더해진 요리입니다. 삼자경을 찾기 위해 그동안 심신이 피로하셨던 강 회장님과 세 청년에게 더할 나위 없이 좋은 약떡이지요. 한꺼번에 많이 만들어내지도 못해서 특별히 귀한 손님에게만 진상하곤 했습니다.

이 떡의 은은하고 물리지 않는 단맛을 내기 위해 비결의 재료가 쓰이기 때문이지요. 눈은 눈이되 눈이 아니고 서리는 서리이되 서리가 아닌 그것…”

“비결의 재료라… 눈은 눈이되 눈이아니고 서리는 서리이되 서리가 아닌 것은… 흐억! 또 수수께끼가 시작되는 겁니까?”

“장비군은 수수께끼만 나오면 얼굴이 하얗게 질리시는군요.

하하하. 그럼 오늘은 그냥 답을 말씀드리겠습니다. 그것은 바로 잘 말린 곶감 위에 하얗게 내려앉은 서리 '시상(枾霜)'을 말합니다. 그 내린 모양이 눈과 같다고 해서 시설(枾雪)이라고도 부르지요."

유비는 조용히 곶감 위에 뿌려진 천연 감미료를 음미했다. 성숙한 감의 껍질을 벗겨내어 한 달을 햇볕에 쪼이고 밤이슬에 적신 후 항아리 안에 옮긴 다음 다시 한 달 동안 놓아두면 잘 마른 곶감이 된다. 이 곶감 위에는 감의 과육에 함유된 과당이 하얀 눈처럼 흰색의 분말을 이루어 표면에 하얗게 깔리게 되는데 이를 쓸어 모으면 그것이 바로 시상(枾霜)이다.

"요리사들은 시상을 두고 자연이 내려준 가장 이상적인 감미료라고 칭합니다. 향은 약하지만 맛은 달고 약간 떫지만 서늘한 맛에서 청량감이 느껴집니다. 놀라운 것은 여타 감미료와는 달리 인체에 해로운 독성분이 하나도 없다는 점입니다.

요리 비법 하나하나를 설명하는 왕사부의 목소리는 누에가 안에 꼭꼭 채워두었던 실을 뽑는 듯 고요하고 절제되어 있었다. 여섯 사람의 입안에는 한낮의 햇살과 밤이슬의 생명력을 머금고 어둠과 고민의 시간을 견뎌내며 정제된 시상이 하얗고 달콤하게 내려앉았다.

짧고도 기쁜 해후를 마치고 왕사부와 제갈공은 흩어진 목각들을 구선왕도고를 담고 왔던 금색 종이상자에 담아 다음 날 아침 비행기로 돌아갔다.

〈끝〉

짜장면 삼국지

초판 1쇄 2021년 8월 12일

지은이 임선영

발행인 유철상
책임편집 유철상
편집 정예슬, 정유진, 박다정
디자인 여혜영
교정 유은하
마케팅 조종삼, 윤소담
콘텐츠 강한나

펴낸곳 상상출판
주소 서울특별시 성동구 뚝섬로17가길 48, 성수에이원센터 1205호
구입·내용 문의 | 전화 02-963-9891 팩스 02-963-9892
이메일 sangsang9892@gmail.com
등록 2009년 9월 22일(제305-2010-02호)
찍은 곳 다라니
종이 ㈜월드페이퍼

© 2021 임선영
ISBN 979-11-6782-024-2(03810)

www.esangsang.co.kr